...is beauty... fallen
...give it a nostalgic... hue

Don't...
the...

yours truly, L.

...Sophie,
I'm not the best person...

correspondance ecrite

...best to...
...out, forget...

you decid

frie...

...

of

...

some

And...

Paris is beauty ...

leaves give it a nostalg...

I wish

Please ...   Don't

...   the...

To   ...

Yours truly, L.

...Sophie,

I'm not the best person

correspondanc...

best to

...out forgett...

여름이의 여름

여름이의 여름

펴 낸 날 2023년 10월 10일

지 은 이 황경희
펴 낸 이 이기성
편집팀장 이윤숙
기획편집 윤가영, 이지희, 서해주
표지디자인 윤가영
책임마케팅 강보현 김성욱
펴 낸 곳 도서출판 생각나눔
출판등록 제 2018-000288호
주   소 경기도 고양시 덕양구 청초로 66, 덕은리버워크 B동 1708, 1709호
전   화 02-325-5100
팩   스 02-325-5101
홈페이지 www.생각나눔.kr
이 메 일 bookmain@think-book.com

• 책값은 표지 뒷면에 표기되어 있습니다.
　ISBN　979-11-7048-610-7(03810)

황경희 산문집

여름이의 여름

생각나눔

목차

저자의 말 _10

1장

/

파도	16
겨울나무	21
경험이란 이유의 감정	24
채송화 연정	27
아! 신촌	30
그림 그리기	34
슬픔이 슬픔에게 건네는 말	38
여름이의 여름	42

2장

/

취함에 대하여   46

알콩달콩하고 오손도손하게   51

마음을 말리다   54

아날로그로 살기   56

장미는 다 아름답다   60

영화 「은밀하게 위대하게」를 보고   62

우리는 다 별이다   67

성탄절에   71

거미   75

3장

/

'동물', 생태계의 아름다운 조화   80

영사기 속의 겨울밤   84

「은교」 저승보다 먼 사랑   87

서촌 탐방기   90

『그 많던 싱아는 누가 다 먹었을까』를 읽고   95

나의 7요일   98

아에 비네프   108

비와 풍경   112

어머니   116

4장

/

영등포	124
영남이 언니	127
말은 떠돈다	130
단순함에 대하여	133
밤이 사라지네	136
가난한 당신	138
오늘도 신데렐라를 꿈꾼다	142
또다시 오는 봄	145
길을 묻다	149

5장

/

4시 44분   154

술에 빠진 파리   158

속초! 그 그리움   162

버림의 미학   165

무엇을 먹을까   168

도시의 추억   171

너와 나 사이   174

냄새로 이어지는 마음의 조각들   177

저자의 말

오늘은 무슨 놀이를 할까?

어스름한 새벽의 싸한 공기 마시기, 아파트 초목들과 인사하기

걸으며 좋아하는 노래 부르기, 조금 쉬운 책보기.

오후엔 친구와 수다 떨기.

어릴 땐 공기와 고무줄 넘기 놀이를 많이 하였다.

꼼꼼이, 말차기, 무궁화꽃이 피었다 등도 재미있었다.

생각하니 이 세상 놀이들은 다 누구와 경쟁을 하는 일이었네.

꼼꼼이도, 고무줄놀이도, 학교생활도, 순위고사도 모두.

이겨야만 가질 수 있는 기쁨이란 감정, 그리고 소유.

진 자에게 이긴 자는 미안해할 일이다.

비록 엄청난 노력의 결과라 할지라도.

노력을 할 수 있는 성품도 유전인자와 생활환경에서 거의 생성되고

진자의 슬픔을 딛고 이긴 자의 희열이 존재하기 때문이다.

나를 쫓아다니는 달이 이상하여 밤하늘도 많이 바라보았었다.

그때처럼 크고 환한 것은 아니지만 지금도 달과 별은 하늘에 있다.

지금은 하늘을 잘 보지 않게 된다. 때가 묻은 마음 탓일까?

하늘로부터 태어나 땅으로 돌아가니 칠십이 다 된 나이 탓일까?

학교를 다녔고, 졸업 후 아이들을 가르쳤고, 한 아이를 낳아 길렀다.

이것들은 놀이일까? 인내일까? 성찰일까?

어머니, 아버지는 어느 별로 가셨나? 처음 지구가 탄생했던 때로 돌아가 먼지가 되셨나?

지구별을 떠나면 어머니 아버지를 볼 수 있을까?

살아가는 동안 많은 것이 사라졌다. 어머니, 아버지, 밍키, 건강, 끈끈했던 친구와 관계의 단절. 조롱조롱했던 많은 이들과의 대화.

많은 것은 생겨났다. 새로운 친구들. 無로 돌아가려는 나를 만나기, 자신을 포함한 생명들을 보고 느낀 작은 깨달음,

헝클어진 마음을 정돈하여 일렬로 세우는 글쓰는 놀이는

나를 들여다보고 내 목소리에 귀 기울이는 일이다.

나를 타자의 시선으로 바라보면서 무엇이 잘못된 것인지, 어느 길로 가야 하는지 살펴보고, 미처 발견하지 못했던 나의 아픔도 쓰다듬어 주는 일이다.

　가만, 가만히 왔던 길 되돌아본다.

　가지 못했던 길을 돌아가기엔 너무 멀리 왔지만, 이제라도 바로 갈 일이다.

　밥하다 책보다 글을 쓴다.

　내 마음 주섬주섬 꺼내어 언어로 자취를 남겼다.

　한 권의 산문집으로 내놓는다.

1장

파도

이 세상 빛들이 모두 나를 향해 쏟아지던
시절이 있었다. 모두를 얻은 것 같았고, 모든 것이
다 가능할 것이라고 믿었던 대학 1학년 때,
여대생이었던 나는 S대 남학생들과 남산 독일 문화원에서
EOS라는 독일 문학 동아리를 하고 있었다. EOS는
새벽의 여신이며, 그 여신이 주는 의미처럼
내 이십 대는 서서히 기지개를 켜며 아름다운 시작을
준비하였다. 그 동아리는 주로 독서를 하고, 그것에
대하여 토론 활동을 하였는데, 카프카나 헷세
그리고 독일 작가는 아니지만 까뮈, 샤르트르,
강은교 씨 등을 논하며 우리는 우리의

순수한 이상세계와 현실을 넘나들며
남산의 따스한 바람을 맞았다.

그해 여름방학, 우리는 설악산과 동해로 MT를 가기로 하였다. 엄마에게는 학과 친구들끼리 가는 것이라고 거짓말을 한 나는, 며칠 전부터 남대문 시장을 뒤져 예쁜 옷과 핀 등을 사며 죄책감 반, 그리고 즐거움 반으로 뒤척이기도 했다.

우리는 마장동 시외버스 터미널에 모였다. 여기저기 청소가 안 된 터미널, 그리고 허름한 완행버스, 그러나 여름날 작열하는 태양은 젊은 우리에게 벅찬 그리움과 새로운 세계에 대한 열망만을 허용할 뿐, 아무것도 눈에 보이지 않았다.

내설악을 넘어가는 길은 이름 모를 나무들과 들꽃들, 바람의 향기, 안개, 구름에 묻혀버린 산들로 설렘이 가득하였다. 낡은 백담산장에서 비가 후드득 그어 내리던 산사에서의 낭만은 묘한 기분을 느끼게 했다. 산장 뒤는 꽃들과 나비들로 황홀한 축제가 벌어졌으며, 써클 사람들과 포카 점을 치면서 알 수 없는 나의 미래를 상상하는 것도 즐거웠다.

내설악을 지난 우리는 넓은 해안도로를 거쳐 낙산사에서 여정을 풀었다. 소나무 숲을 지난 조그만 방갈로가 우리의 숙소였다. 생명이 춤추는 바다 내음, 맑은 솔 내음, 꿈꾸던 문우들, 내 가슴에 살며시 들어앉았던, 내가 몰래 좋아한 상호, 힘겨운 입시를 겪고 세상에 갓 나온 대학 1년생에게 바다는 창조주의 오묘함 그 자체였다. 새벽에 수평선을 따라 떠오르는 빛의 시작을 알리는 일출의 환희, 태양의 정열, 격렬한 연인들의 사랑, 소라의 추억, 바다는 나에게 그렇게 다가왔다.

> *우리가 바다의 정취에 취해 모래사장을*
> *정처 없이 거닐고 있을 때, 저 멀리 한 남자가*
> *파도가 유난히 심한 바다를 헤엄치고 있었다.*
> *그리고 그 남자는 파도와 한몸이 되어 우리*
> *곁을 떠났다. 이것이 동아리 회장이었던*
> *욱이 형의 마지막 모습이었다.*
> *그리고 그것은 내가*
> *이 세상에서 처음으로 보았던 죽음이었다.*

거제도에서 오직 한 명만 보냈다는 S대, 가난한 집안에서 태어난 집안과 거제도의 영광이었던 형은 그렇게 짧은 생을 마감하였다. 항상 과묵하고 매서운 눈초리, 한 편의 시를 듣는 것같이 절제되고 아름다운 언어로 차가운 애자 언니의 가슴을 불같은 열정으로 채웠던 이름처럼 슬픈 욱이 형.

거제도에서는 가난함 속에서 오직 잘난 아들에 대한 사모로 지친 삶을 보상받았던, 그리고 가장 귀중한 무엇을 잃은 허탈감에 그녀의 인생 전부를 힘들게 보내야만 하는 한 초라한 여인이 올라왔다. 몇몇 2학년 형들을 제외한 우리들은 서둘러 집으로 향했다. 쉼 없는 침묵이 흘렀고, 방향 없는 눈동자만이 떠돌아다녔다. 상호는 고개를 숙이고 운동화 끈을 풀었다 맸다 만을 반복했다. 삼복 더위에 겨울 스웨터를 걸친 난 오들오들 떨고 있었다. 한 사람은 너무나 빨리 이 세상의 추억이 되어 버렸으며, 나는 구경꾼이 되었다. 그의 어머니와 아버지, 형제들은 잔인한 그들의 운명에 대해 이 세상과 어떻게 타협할 수 있을까? 여리디여려 가엾은 내 영혼도 찢어지고 있었다.

집으로 돌아오는 길, 차 창가에 보이던 노을은 왜 그리 빨간지 나는 욱이 형의 영혼이 노을이 되었을 거라고 믿었다. 집에 돌아와 이불을 쓰고 흐느끼는 나에게 엄마가 무슨 일이냐고 물어도 나는 벙어리처럼 아무 말도 할 수 없었다.

그해 여름은 그렇게 잔인하게 흘러갔다. 그리고 다가오는 가을도 우리는 침묵하였다. 겨울이 되고, 동아리 회원들은 다시 지리산 자락에서 조우하였다. 우리들은 깔깔대며 여행에 충실하였다. 그의 존재는 원래부터 죽어있던 사람처럼 아무런 일도 아닌 것이 되어버린 것 같기도 하였다. 그는 이미 과거고 추억일 뿐. 나는 겨울바람 속에 간간이 들리던 그의 냄새를 맡기도 했으나, 그 말을 꺼내는 것은 우리들 사이의 금기 사항이었다. 또다시 봄이 오고, 나는 전공필수인 토플 성적이 나오지 않아 공부를 하느라 써클도 잘 못 나가는 처지가 되어 버렸다.

그러나 그날 이후 파도는 생과 죽음의 경계선처럼 느껴졌다. 바다가 모든 생명이 잉태되는 창조의 가장 내밀한 언어라면 파도는 그 생명이 넘어야 할 생과 사의 인생 애환일 것이다.

파란 몸이 하얗게 부서지며 끝없이 절규하는 파도, 때론 산처럼 높은 분노와 깊은 절망으로, 때론 가랑비 같은 잔잔한 슬픔으로 흐르는 파도. 겨울이 가면 봄이 오고, 여름이 오듯이 그리고 그 추웠던 겨울도 우리에게 한 조각의 추억으로 미소 짓게 하듯이, 인고의 세월을 보낸 상처투성이 조개가 진주를 만들 듯이, 파도는 끝없이 우리에게 흘러, 아픔을 딛고, 겸손과 깨달음으로, 나아가 아름다운 인간으로 화하고자 하는 조물주의 섭리가 아닐까?

겨울나무

겨울이 외로운 것은 어지러이 흩날리는
눈 때문도 아니고, 초저녁부터 컴컴한
세상 탓도 아니고, 내 나이 탓도 아니다.
저 멀리 하늘 밑에 더 이상 살을 붙여
자신을 치장하지 않고 서 있는
황량한 마른 나무들 때문인지 모른다.

여름에 자신을 빛내주었던 잎사귀를 버리고, 모든 마음에 허식을
던지고, 온전하게 태초의 자신을 드러낸 겨울나무는 세상에 오기 전
부터 혼자였고, 지금도 혼자고, 얼마 후에 돌아갈 4차원 세계에서도

혼자인 나를 생각나게 한다. 4차원의 세계에서는 내 아들도, 내 어머니도 더 이상 나와 관계되지 않는 기억 너머의 사람일 것이다.

사람들은 내가 아닌 예쁜 옷과 돈과 지식과 그 외의 모든 것을 소유하여 자신을 포장하고 싶어한다. 마치 여름에 나무가 초록으로 그들을 치장하듯이. 지식이 많으면 남들이 존경하고, 돈이 많으면 남들이 부러워하고, 용모가 빼어나면 많은 이성으로부터 관심을 받게 된다. 그러나 모든 것이 벌거벗어진 밤에 그들의 하루를 돌아보면 가진 자건 안 가진 자건 그들의 하루는 얼마나 쓸쓸했던가? 아니 그들의 한평생은 얼마나 고단했던가? 많은 부를 가져 남들의 부러움의 대상이었던 현대 그룹의 왕자도 스스로 목숨을 버리지 않았던가?

배고픈 이들은 빵 걱정으로 하루를 보내고 배부른 이들은 또 다른 걱정으로 그들의 하루를 소일하고 있다. 신은 누구에게나 다 너그럽진 않았던 것 같다. 누구에게나 삶은 헛헛했고 가슴 후비는 아픔이었다. 때때로 가느다란 문틈 사이로 한 줄의 작은 햇살이 내려지면 우리는 그것을 행복이라 이름 지었다.

요새 나는 생의 무의미와 도전하고 있다.
생의 유한성에 있어서 내가 소유한 것의 한계,
인간의 자유 의지의 한계, 그리고 물질과
육체로부터 분리된 내 영혼의 의미,

끝없는 의문과 그럼에도 불구하고

끊어지지 않는 끝없는 욕망.

겨울나무는 봄날의 아스라함과 여름날의 찬란함이 다 사라진 야윈 우리의 육신이 종국에 모든 것을 버리고 하늘과 맞닿아 서 있는 인간의 마지막 보루의 모습이다.

동물과 신의 중간자로서 때론 신을 닮기도 하고, 때론 동물이기도 했던 육십여 년의 세월, 앞으로 나에게 주어진 나머지 삶을 어떻게 보내야 할까?

마른 나뭇가지에 꽃처럼 눈이 내리고, 겨울밤은 깊고, 나는 나로 인하여 깊어만 간다.

경험이란 이유의 감정

"노란 샤쓰 입은 말 없는 그 사람이 어쩐지
나는 좋아." 라디오에서 내 젊은 시절의 향수를
불러일으키는 노 여가수의 노래가 흘러나온다.

    여자는 노란색에 반한 것인가? 말 없음에 반한 것인가? 노래엔 없지만 남성다운 외모에 반한 것인가? 왠지 모르는 그 포근함에 반한 것인가? 그 모든 것이 합하여 그 남자의 이미지를 형상화시켰고, 여자는 한순간에 느낀 그런 분위기의 남자에게 야릇한 느낌을 가졌을 것이다.

    과거엔 과묵하고, 좀 어둡기도 하여 분위기 있어 보이는 말을 아끼는 남자가 인기가 있었다면, 요사이 젊은 여자들은 코믹하고 애교 있는, 단순한 웃음을 줄 수 있는 남자에게 필이 꽂힌다고 한다.

도저히 이성적으로는 나쁜 사람이라 머리를 돌려야 하는데, 감성적으로 끌리는 사람도 있다. 어떤 분의 강연에 간 적이 있다. 분명 틀리고 옳지 않은 것도 그분의 머리를 통하여 입으로 발설되면, 논리요 진리가 되는 독설가라는 생각이 들었지만, 강한 수컷이 풍기는 묘한 매력을 느낄 수 있었다. 단지 이런 독설가는 성이 같을 때는 생각할 겨를도 없이 싫다.

이유 없이 좋아지는 사람도 있지만, 이유 없이 싫어지는 사람도 있다.

대개는 과거의 경험에서 그런 인상의 사람에게 '피해를 입었다.'든가 '도움을 받았다.'든가 하는 것이 잠재의식 속에 저장되어 있다가, 현실 속에서 비슷한 인상의 사람에게 감정이 발현되는 것이리라.

사물이나 현상도 경험을 통해 연상작용을 일으킨다.

노란색이 좋은 것은 세상이 신기하기만 했던 어린 시절, 학교 앞 병아리 장수 아저씨의 상자 안에서 나처럼 삐약거리는 병아리가 생각나서일 수도 있고, 빨간색이 싫어진 것은 넘어진 내 무릎에서 빨간 피가 나와 내가 고통을 느끼고 두려움을 느꼈기 때문인지도 모른다.

직접경험이든 간접경험이든 경험 이상의 사고를 할 수 없기에 인간은 오류를 범한다.

이 세상 모든 것을 경험할 수 없고, 경험한 것을 작은 두뇌에 잊지 않고 다 저장할 수 없으며, 저장한 경험을 토대로 정확하게 판단할 수 없기 때문이다.

보이는 것과 실제의 그것과는 때때로 너무 다르다. 두리안은 먹음

직스러운 모습을 가졌으나, 역겨운 냄새에 놀라고 먹으면 그 맛에 다시 또 놀란다.

　기생오라비처럼 고운 남자들 중엔 짓궂은 남성이 많으며, 거칠어 보이는 일명 어깨 같은 남성들이 의외로 여리기도 하다. 남들이 '자유분방하다.' 하는 나는 거의 책임과 사회규범이라는 원 안에서 나오지 못하고, 스스로 나 자신의 행동반경을 억제하며 주어진 현실에만 충실하며 살아왔다.

　사람을 사귀다 보면 까고 까도 속살이 계속 나오는 양파처럼 동일한 DNA의 약간 다른 모습 같은 동일성의 변형인 사람도 있지만, 호두처럼 겉은 딱딱하고 맛이 없으나 속은 아주 보드랍고 고소한 진정한 다른 DNA를 한 몸에 가진 사람들도 있다.

　이렇듯 사람을 만나 교제를 하는 것은 때로 깜짝쇼를 보는 것 같아 신기하고 재미있다. 신께서 하나의 색깔이 재미없어 여러 가지의 색깔을 부여한 사계절의 변화가 아름다운 것처럼, 사랑은 아무 이유 없이 오는 것 같다. 왜 노란색이 좋은지 모르는 것처럼.

그러나 사랑은 이유 있게 오기도 한다.
그의 겉포장이 너무 화려해서.
모든 감정들은 이유 없이 오는 것 같지만,
이유 있게 온다.

채송화 연정

친정집 옥상 위, 깨어진 화분 속에 핀 채송화.
고추장 항아리, 된장 항아리와 범벅이 되어
하늘을 흠모하며 피었다. 나처럼 나지막하고
볼품없이 핀 꽃은 작은 키로 하늘을 올려다보며,
뜨거운 한여름, 닿을 수 없는
애달픔에 서러운 세월도 보냈을 것이다.
감히 꿀 수 없는 꿈은 재가 되어 남았으리라.

다른 꽃들이 멋진 화분에 담겨 피거나 넝쿨로 담을 화려하게 장식
할 때, 화단 맨 앞에서 그저 땅에 간신히 붙어 있거나 볼품없는 화

분에 담겨 있는 듯 없는 듯 보는 이가 별로 없다.

장미는 꽃의 여왕이요. 백합은 어여뻐라 순결한 꽃이건만, 어찌 아무 수식도 없는 것이 젊을 때도 연애다운 연애 한 번 못 해본, 어여쁜 여인으로 살지 못했던 내 신세와 같아 보인다.

꽃잎 5개, 빨갛고 노랗고 하얀 꽃이 피는 것이 전설 속에 욕심 많은 왕비의 보석이 땅속에 박혀 채송화로 피었다고 한다. 앙증맞게 오목조목 예쁜 꽃이건만 단숨에 보기엔 초라하기 그지없다.

다음 생엔 나도 뭇사람들의 가슴을 달콤하고 애절한 사랑에 잠기게 하는 장미나 라일락 같은 꽃으로 태어나 다른 이의 추억 속에 아련한 5월의 향기를 떠오르게 했음 좋겠다는 생각을 해본다.

며칠 전, 친구들을 만났다. 친구인 N이 G와 S, 그리고 나보고 우리 난쟁이들끼리 사진 한번 찍자 한다. N과 G는 서로의 자식들은 키가 크다고 자랑한다. 술김에 허물없이 한 이야기지만 같은 동질의 결점을 가진 사람이라도 우리라는 카테고리 속에서 서로의 비하를 꾀하는 것은 죄가 되는 것이다. 이 나이에 키 작다는 말이 뭔 대수인가만은 그래도 논리는 이렇다. 내가 작은 것은 내 선택도 아니고 내 노력으로 변화할 수 없다. 변할 수 없는 것에 대하여 논하는 것은 실례이며, 의미 없는 일이다.

나는 말하고 싶다. '그래 이 몸으로 뭘 못하였니? 아들도 낳았고 돈도 벌었고 살림도 야무지게 잘하였단다. 소도 큰놈이 비싸고, 과일도 크고 때깔 좋은 것이 비싸다. 사람도 늘씬하고 쭉 뻗은 여자가 비싼지 나도 다 안다. 그러나 마늘도 작은 것은 잘 썩지 않고 고추도 작은 고추가 맵단다.' 채송화처럼 키 작은 꽃들은 비바람에도 휘청이지 않는다.

채송화는 세상의 뒤안길에서
따로 거름 주는 이 없고
별로 보아주는 이 없이 피었다 진다.
생명이 소명을 다하는 그 날까지 모진 날도,
허망한 날도 저 하늘 위 햇님 속에
숨겨진 빛으로 감내할 것이다.
그리하여 하루하루 꽃을 피우고
척박한 땅에 깨알 같은 씨앗을
총총히 남기는 오롯한 존재가 될 것이다.
그는 밤하늘의 별보다
더 아름다운 보석이었으니.

아! 신촌

신촌은 퇴색한 건물들이
과히 높지 않게 도로에 촘촘히 박혀있고,
골목길엔 작은 다가구 주택들이
옛날 그대로 낮게 깔려 있다. 경의선을 타고
서강대 역에 내려 큰 골목을 들어서면
미장원이 보인다. 만오천 원에 파마하는
싸구려 미용실 아줌마는 내가
학교를 다닐 때는 작은 문간방을 월세 내어
다섯 식구가 기거하며 야매 파마를 하였는데,
오랫동안 일을 한 덕분에 건물 몇 채
아파트 몇 채를 갖고 있는 부자가 되었다.

70이 넘은 지금도 남편은 가고
자식들도 결혼하여 혼자 있는 집이 싫다며
풍기 있는 얼굴을 가끔씩 떨며 파마를 만다.
검소한 강남 부자 할머니들도 절약 겸,
사랑방 겸 파마를 말고 가곤 한다.

쭉 가다 보면 이발소가 나온다. 내 고등학교 시절부터 이발소를 하시던 아저씨는 아직도 이발을 하신다. 작년엔 나를 보고 "내가 학교 다닐 때, 그리고 한 10년 전까지도 저런 여자하고 한번 살아 봤으면 속으로 생각했는데. 이렇게 늙을 줄 몰랐다."라고 하신다. 마치 사물처럼 아무런 감정 없었던 이발소 아저씨, 무심코 지나가던 지름길을 변해버린 내 얼굴이 부끄러워 요샌 다른 길로 돌아가곤 한다.

낯익은 여러 집을 거쳐 어머니가 50여 년 살았던 집에 간다.

신촌의 대부분 건물처럼 어머니도 낡아서 빛을 잃어가고 있다.

어머니는 치매가 많이 진행되어 스스로 식사를 준비하지 못하고 자식 중 한 명은 알아보지도 못한다. 이미자 노래를 부르고, 잘 부른다고 칭찬하면 좋아서 똑같은 노래만 연거푸 부르는 어머니의 모습을 물끄러미 바라본다. 매일 스스로의 식사를 준비했던 어머니는 데이케어 센터에서 밥을 먹고, 자식들이 가져온 반찬으로 식사를 하신다.

어릴 적 놀다가 집에 오면 언제나 따뜻한 밥이 준비되어 있고, 벗어 놓기만 하면 깨끗하게 빨아져 있던 옷들. 나는 놀기만 하고 엄마는 늘 내 놀이를 위하여 허드렛일만 하였다.

이제 어머니는 놀기만 하면 된다. 영구가 되어서야 이제 자신만을 위해서만 사는 어머니의 모습을 바라본다. 치매 환자, 몸이 불편한 노인들을 낮에 돌보는 데이케어 센터가 대학인 줄 알고 즐겁게 다닌다. 생전 처음 호강을 치매 환자 보호센터에서 하신다. 그림도 그리고, 꽃도 만들고, 노래도 부르고, 물리치료도 받고, 밥도 먹고, 간식도 먹고 치매 환자들이 가기 싫다고 아침마다 실랑이한다는 곳을 즐겁게 다닌다.

11월인데도 날이 매섭다. 지금의 나보다 25년은 젊은 여자가 화장기 하나도 없이 추운 겨울 가게 앞 도로에서 음식 장사용 김장 몇백 포기를 쪼그리고 앉아 혼자 절이고 있다. 어린 나는 그저 주머니 속에 손을 넣어도 시린 내 손을 생각하며 '엄마 손도 시렵겠구나.'라는 생각만 할 뿐이었다. 몇십 년의 힘든 노동으로 팔의 힘줄은 다 끊어졌고, 손마디는 뼈가 다 튀어나왔다.

자비하신 하나님이 그녀를 불쌍히 여겨 좀 놀다 오라고, 베풀기만 했으니 이젠 자식에게 밥 좀 대접받으라고 그녀를 아기로 만들었나 보다.

아주 조금만 놀았을 뿐인데 자식들은 이제 지겹단다. 시간을 모르고 문도 잠그지 못하는 엄마를 위하여 멀리 사는 자식들이 아침에 와 옷을 입히고 시간 맞춰 차를 태워 보내는 것을 힘들어한다.

그녀의 기억은 어디에서 방황하고 있을까?
모진 삶의 고통들이 등짝을 떠밀어
그녀의 기억을 바람에 흘려보냈을까?
어머니는 안갯속을 헤매고 있다.

　리모델링한 창천 초등학교의 건물이 예전과 사뭇 달라도 운동장 위치와 크기, 키 작은 꽃들로 가득 찬 뒷마당은 여전하다. 흰 손수건을 가슴에 달고 교장 선생님 말씀을 듣는 신입생인 나, 그 뒤에 선 나이에 어울리지 않게 화장기도 없고, 허름한 몸뻬 차림인 젊은 날의 어머니가 운동장 마당에서 흑백영화처럼 스크린에 떴다 사라진다.

언젠가는 신촌에 올 일도 없을 것이다.
필름 속 허름한 몸뻬의 여자가 자신의 역할을
마치면 낯익은 그 거리는 낯설어져서 내 몸은
떨려오고 이 세상 사랑은 눈이 멀어 하늘엔
뚫린 바람만 불 것이다.

그림 그리기

유난히 잡곡밥을 싫어했다.
윤기 흐르는 하얀 아끼바레에 서리태가 섞여
있는 밥을 아버지와 언니가 좋아하여 어머니는
가끔씩 콩을 두고 밥을 지으셨다. 젓가락질을
잘못하여 어설프게 콩을 골라내던
빳빳한 흰 컬러 제복의 내가 생각난다.

모처럼 간 모임은 사람들이 많이 바뀌어 선 채로 앉아있는 사람들을 바라보니 알던 사람들은 하얀 쌀에 간간이 박혀있는 서리태 같다. 그 서리태는 익숙하여 나와의 동행을 편히 할 사람이 많겠지만,

어쩜 서로가 서로에게 그린 불편한 그림 때문에 피하고 싶은 사람일 수도 있을 것이다.

하얀 쌀 같은, 처음 본 사람들을 보면서 난 이제 내 방식대로 그림을 그린다. 어쩌면 맞지도 않는 추측을 공상처럼 떠올리며 그림을 그린다.

사물은 위에서도 보고 밑에서도 보고 옆에서도 보고 까보기도 해야 하는데 그저 내 자리에서 바라본 사물의 모습이 전부일 수밖에 없는 한정된 경험만으로 나와의 관계 속에서 편협한 인식으로 그림을 그린다. 그리고 그 인식은 세탁으론 지울 수 없는 염색된 옷처럼 거의 평생 나에게 편견을 제공한다.

서리태 같은 영양가 많고 구수한 지인들이 좋지만 난 때때로 낯선이도 좋다. 난 혼자서 여행 가는 것이 좋다. 낯선 장소에서 낯선 만남은 처음 지구에 떨어진 아기가 처음 본, 온통 새것인, 아무것도 걸치지 않은 관계라 좋다. 호기심 가득하게 낯선 이를 상상해 본다.

처음 만난 사람들은 먼 길을 걸어오면서 겪은 봄날 화려한 꽃 피어 내던 나무의 뽐냄도, 한여름 장마에 허리 부러진 나무의 몰락도, 제 살 도려내던 가을날 낙엽의 슬픔도 모른다.

그들의 눈엔 난 그저 눈으로 뒤덮인 겨울 산야에 살짝 머리를 내민 정체 모르는 생명일 뿐. 처음 만난 사람들은 서로 반대편 다리를 걸어와 만난다. 이제 그들은 서로의 마음을 저축하기 시작한다. 이제 옷을 걸치고 화장을 할 일이다.

감정의 축적이 없는 하얀 도화지 같은 관계는 자유로운 사고의 가벼움을 준다. 그러나 하얀 도화지에 처음 그림을 그릴 때 즐겁고도 살얼음판을 걷는 심경으로 그려야 한다. 그림을 그리기는 쉽다. 그러나 그려진 그림을 지우는 것은 어려운 일이다.

잘 그려진 그림은 그대로 간직하면서 치졸하고 못생긴 그림을 지우고 싶은데 그리긴 쉬워도 지우고 고치는 것은 힘들다. 암만 지워도 먼저 그린 물감의 잔재는 희미하게 배어 있고 지우다 도화지가 뚫어지거나 얇아지기도 한다. 가수 전영록은 그래서 "사랑은 연필로 쓰세요."라고 노래를 부르기도 했었지. 그러나 사랑조차 두려움에 무채색의 연필로 그린다면 우리의 삶은 사물처럼 그저 그 자리에 있는 존재일 뿐.

많은 상처를 입더라도 꿈결같이 몽롱한 색깔을 도화지에 신들린 듯 칠해 봐야 봄날의 끝에 무성한 진초록의 세계가 있었다고 그리하여 자기 옆에 자기 닮은 새 생명을 떨구었다고 손주들과 아랫목에서 군고구마 굽는 거친 손은 말할 수 있으리.

빨강도 파랑도 회색도 각자의 빛으로 마음을 빚어 단일한 종인 인간의 단순성에 복잡하고 정교한 수를 놓았으니. 그 다양성으로 몇억 개의 다른 빛들이 별보다 영롱하게 세상을 반짝이게 하고 있느니.

많은 그림을 그려 두둑했던 내 스케치북, 이제는 많이 얇아졌다.

과거에는 누구에게 마음을 다쳤다면 나도 그의 마음을 할퀴려고 시도 하였거나 그와의 화해를 도모했을 것이다. 이제는 지우는 것에 노력을 기울이지 않고 나는 그 도화지를 찢어 버린다. 날카로운 종이의 단면이 나의 심장을 벨 수도 있다면 나는 그 종이를 찢고 싶어진다.

관계의 단절을 꾀하는 것이다.

도화지를 찢고 찢다가 찢을 도화지가 하나도 남지 않는다면 어느 수필가의 글처럼 나도 섬에 갇혀 있게 되는 것이 아닐까 생각해본다.

삼원색의 빛을 합하면 흰색이 되고
모든 빛을 다 합하면 흰색이 된다고 한다.
내가 믿는 흰색은 아무 감정이 없는
그런 것이 아니라 애초에 인간의 희로애락이
치밀하게 내재된, 표현되지 않았지만,
작은 물방울 하나에도 내재된 색깔이
비춰 보이는 그런 색이 아닐까도 생각된다.

슬픔이 슬픔에게 건네는 말

> *5월 말의 바람과 햇빛은*
> *막 대학에 입학한 나를 살랑거리는*
> *연녹색 잎처럼 흔들리게 만들었다.*
> *봄은 이스트에 부푼 빵처럼 부풀었고,*
> *앞으로 다가올 뜨거운 여름을 꿈꾸었다.*

고등학교를 졸업할 때까지 선생님이 남자들하고 눈도 마주치지 말라 하여 눈도 마주치지 않았건만, 이젠 머리를 기르고, 화장을 하고, 연애도 할 수 있는 대학생이다. 입시라는 중압감과 당시의 사회적 분위기가 고등학생에게 남녀교제를 금기시한 점 등의 이유로 꼭꼭 눌

렀던 감정은 물을 가두었다가 물꼬를 틀 때 터지는 물살처럼 거침없이 흘렀다. 한창 사랑의 감정에 빠져들 그런 나이여서 난 사랑과 연애가 주는 달콤함과 축제의 환상을 한번 맛보고 싶었다. 처음 맞는 축제에 남학생을 데리고 가고 싶었으나, 미팅을 해도 내가 좋아하는 남자들에게 after를 받지 못하였다.

등록금도 가까스로 마련하였는데 자신의 감정에만 몰두한 나는 첫 축제에 가려고 돈 없는 엄마의 찌들고 노곤한 얼굴을 안면 몰수하였다.

며칠을 졸라 분홍색 땡땡이 쓰리피스를 맞추었고, 남학생과 낭만적인 축제를 함께 가는 꿈을 꾸었다. 결국, 파트너를 구하지 못하였고, 티켓도 사지 않았지만, 축제 당일 너무 가고 싶은 마음에 문간방에 세 들어 살고 있었던 서강대생 오빠를 데리고 축제를 감행하였다. 초등학교 때부터 신촌역 전에 살면서 동네 아이들과 수위 아저씨가 지키는 정문을 피해 학교 뒷담 지름 1m가 넘는 하수도 구멍으로 대학을 몰래 들어갔었다. 들어가서 은행을 줍고 단풍잎도 따고 놀던 전력이 있던 나였다. 동네라 잘 알았던 학교 뒷담 큰 하수도 구멍을 문간방 오빠와 함께 통과하여 축제를 갔다. 티켓을 사지 않아 촛불의식에 초가 없었던 우리는 오빠의 재치로 담뱃불을 붙여 촛불의식을 대신하였다.

지금은 세월이 흘러 잘 기억할 수 없지만, 그 장면을 목격한 것은 축제 첫날 파트너 없이 내가 낮에 교정에서 혼자 배회했던 때 같다. 39년이 지난 지금도 또렷이 기억나는 하나의 영상. 교문을 바로 지난 잔디밭에 다리가 불편한 한 쌍의 커플이 서로의 손을 잡고 환한 모습으로 축제에 왔다. 순간 나는 망치로 머리를 맞은 것 같은 전율을 느꼈다. 어떤 슬픔과 표현할 수 없는 경건함이 저 위 하늘에서 주는 메시지처럼 내 가슴에 명료하게 들어앉았다. 슬픈 자가 다른 사람의 슬픔을 꺼내어 손을 내민다. 그 아픔은 남의 아픔인 동시에 자신의 아픔이기 때문이다. 슬픔이 잡은 슬픔의 손은 내가 네가 되고, 네가 내가 되어 별처럼 아름답고 따뜻하다. 그리하여 슬픔은 소멸된다. 마주 잡은 두 커플은 환하게 빛났다. 둘의 합일은 어둠을 몰아내고 주위를 밝혔다.

조물주는 인간에게 슬픔을 주면서 그것이 얼마나 아름답게 변화하는지 보고 싶은 것일까? 신께서 주신 메시지는 '너희는 감히 누구의 아픔에 완벽하게 들어올 수 없다. 아픈 자만이 아픔에 들어올 수 있다. 아픔만이 아픔을 위로하고 몰아낼 수 있다. 그리할 때 인간은 비로소 신이 주는 완전한 사랑에 다가갈 수 있다.'라는 것 아닐까? 아직 인생의 어둠을 몰랐던 나이였다. 난 내가 인간을 사랑하는데 부족한 미완성의 인간임을 깨닫고, 조물주가 준 이 세상의 다양성과 오묘함, 그리고 한계 상황이 아름다워 눈물이 났다.

사는 것이 무의미하다고 느껴질 때
기형도 시인 같은 허무 시인의 시를 읽는다.
감정의 동일시로 위로를 받는다. 손을 내민다.
내가 슬플 때 슬픈 자여! 같이 웃는다.
내가 즐거울 때 같이 즐거운 사람.

여름이의 여름

여름이 되면 여자들이건 배불뚝이 아저씨이건
윤곽을 드러낸 얇고 짧은 옷 사이로 살굿빛
살결을 가리지 않고 길을 나선다.
조금 외곽으로 눈을 돌리면 맨드라미,
사루비아, 칸나, 수국 등이 앞뜰에서
함박꽃 같은 입을 벌리며 웃고, 옥수수는
큰 키로 열매를 가슴에 품어 살찌우고,
들판에는 뙤약볕 아래 수확한 빨간 고추들이
바스라지게 마르는 광경들이 보인다.

여름은 이렇게 터질듯한 생동감이 있어 살아있다는 강인한 힘을 느낀다. 해를 머리에 이고 싱싱한 고등어와 갈치가 헤엄치는 바다가 그립다.

아직도 잊지 않았다. 젊은 날 해변을 맴돌던 떠돌이별들, 태양을 받아 반짝이던 부드러운 모래 그리고 해바라기처럼 하늘을 바라보며 꿈을 꾸던 작은 여자아이.

그러나 해마다 여름이 사무치게 그리운 건
태양의 그림자가 땅으로 내려와 어둠이
파스텔처럼 조금씩 번지기 시작하는
저녁 무렵에 나의 가슴속 깊이까지 서늘하게
식혀주는 바람이다. 봄의 바람과 가을의
바람과 겨울의 바람과는 다른,
늦은 저녁 하루의 땀을 살짝만 날려주는,
부는 듯 안 부는 듯한 바람, 언제 내가 낮의
열기에 두리번거리고 들떠있었냐는 듯
바람은 나를 고요의 정점에 머물게 한다.

떨어지는 해는 노을이 되어 사물을 주황으로 물들게 한다. 형광색의 또렷했던 낮은 잊어야 한다며 사분지 일 정도 남은 여분의 시간에 하루를 정리하고 쉬라고 일깨워준다. 바람과 노을은 부단했던 하루의 부질없었던 사념들을 내려놓고 잠재우게 한다.

이 아름다운 여름날 밤이면 난 종종 나와 만나곤 한다.

안개처럼 장막으로 가려진 비밀의 세계에서 나는 우연인지 필연인지 어머니 뱃속에서 태어나 홀로 이 세상을 여행한다. 이 세상에서 나와 마주친 어머니, 남편은 나에게 무슨 이야기를 들려주려 내 곁에 머물까?

이상하다. 모두는 내 옆에서 잠시 그 빛을 남기고 사라져간다. 환함도 아픔도 마치 나에게 하나의 유희를 선물하기 위해 있었던 것처럼 즐거웁다. 하나의 놀이가 끝나면 다른 하나의 놀이가 지루하지 않게 나를 기다리는 것 같다. 그리고 조그만 상처들도 내 얼굴을 어루만져 준다.

언제나처럼 남편은 일찍 잠들고 난 산책을 한다.

불빛 아래 초록은 더 짙다.

초록은 어느 빛깔보다 더 쿵쾅거리는 생명의 소리를 낸다.

내가 무엇인가에 대하여 묻고, 생각하고, 답변을 주려 노력하는 나.

도서관에서 책을 읽고 즐길 수 있는 나.

단장을 하고 오래된 친구를 만나러 가는 나.

다시 태어나도 나는 나였음 좋겠어.

내가 나 이어서 너무 행복해.

들꽃들도 살랑살랑 눈을 흘기는 이 밤에 여름이(나의 닉네임)의 여름은 이렇게 흘러간다.

2장

취함에 대하여

아버지, 작은아버지 그리고 남동생 둘이 모이면
우리 집 마루엔 소주 열댓 병이 뒹굴곤 했다.
술 못하는 사람들은 '황 씨'가 아니라고 아버지는
어쩌다 말씀하셨다. 그러나 모든 공식에는 예외가
존재하는 법. 나는 술 냄새를 매우 싫어한다.
특히나 소주 냄새를 싫어한다. 냄새는
싫으나 약간 취하는 것은 좋아해 소주잔 한 컵의
소주를 컵에 붓고, 좋아하는 콜라를 한가득 부어
마시는 이른바 '소콜' 한 잔이 나의 술
취향이며, 내 주량이다. 이마저도 한 달에
한 번 정도이니 술은 거의 못하거나 안 하는 편이다.

한창 뜨거웠던 이십 대나 삼십 대에는 꾸었던 꿈들이 허공에 떠도는 것 같은 쓸쓸한 느낌이 반복되거나 직장 생활에서 삐그덕거리는 인간관계를 느낄 때면 한 잔 생각나곤 했다. 지금보다는 많은 양의 술을 회식 때 마시거나 혼자 집에서 마시거나 했다. 그러나 취했을 때의 생각이 잡을 수 없는 아지랑이 같은 것이었고, 이성이 잠시 자리를 떠난 무생물체 같은 풀어진 감정이 나를 무한히 지하로 끌어내리는 것 같은 견딜 수 없는 공허감으로 이어져 술을 멀리하게 되었다.

조금만 취한다면 세상은 풍요로워진다. 남의 잘못에도 내 잘못에도 관대해지며 근심은 잠시 곁을 떠난다. 적은 술은 천상의 음악 소리와도 같다. 그리하여 정현종 시인은 "취해야 흘러가는 세월이여!"라고 술을 예찬하였다. 그러나 술을 조려 진액으로 만든다면 그것은 물론 성분과 작용은 다르나, 거의 마약의 아주 미미한 단계까지는 다다르지 않을까 생각되어진다. 지극한 본능의 세계. 모든 말초혈관이 서고, 그 말초 혈관에 두뇌가 지배당할 때 인간의 영혼 한 귀퉁이가 악마의 문에 걸쳐져 있을 것이다.

'대부분의 음식과 약은 3B의 특징을 갖는다.'라고 한다. 3B는 brain(두뇌), barrier(차단), blood(피)를 말한다. 피를 통하여 음식이나 약에서 섭취한 양분을 공급하고, 그 성분의 작용이 두뇌로 들어가는 것은 차단시키지만, 알코올은 드물게 두뇌까지 도달하여 우리의 생각을 움직인다. 그럼에도 불구하고 인간의 성욕이 종족보존의 대사에 편승하여 결혼이라는 제도 안에서 합법화되듯이 과하면 정신과 육체에 독이 되는 술이 세상사는 풍미와 근심을 서로 나눠 가지는 감성적 음식으로 우리에게 허용되었다.

술은 때때로 가족보다 다정하고 애인보다 감미롭다. 낮의 고단함을 마친 사람들이 술친구를 찾아 배회한다면 그 사람들은 아마도 외로운 사람일 것이다. 가족과 애인에게 털어놓지 못한 가슴속 이야기를 술친구나 술 취한 자신에게 털어놓으며 자신의 사연과 마주 선다. 그 사연을 술이 녹여 그의 가슴은 부드러워지고 평이한 일상도 감미롭게 느끼게 한다. 예전에 근무했던 냉담한 성격의 교장 선생님은 퇴근 후, 거의 매일 술판을 벌였다. 뒷말에 의하면 집에서는 낙이 없어서 그러신단다. 취하면 실수도 잦아지지만 부드러워지셨다. 술이 교장 선생님의 딱딱한 감성을 적셨는가 보다. "술 잘 먹는 사람은 일 잘하고 밥 잘 먹는 사람은 일 못 한다."라며 자신의 술친구 교사들을 편애하였다. 여선생이 아이가 아프거나 하여 결근하면 직사포로 야단치시면서 남선생이 술로 지각하면 은근슬쩍 농담 비슷하게 웃으면서 넘어가는 것이다. 내가 보기에도 술을 깡으로 먹는지 술 잘 먹는 교사들은 힘들어도 일을 깡으로 버티며 잘하는 것 같긴 하였다. 밤새 술 먹던 힘으로 늦게까지 학교에 남아 교장 선생님께 공적으로 사적으로 충성을 다하였던 것 같다.

친정엄마가 돌보던 푸들 밍키가 잠자는 듯하다 죽음을 맞이하였다. 밍키의 예고된 죽음 앞에 이성적이었던 나는 생각보다는 슬프지 않은 죽음에 슬픔을 불러들이는 의식이 필요하였다. 그것이 밍키의 죽음에 대한 나의 예의였다. 어찌 된 일인지 모든 예식에는 술이 빠짐없이 등장한다. 장례식의 슬픔도 결혼식의 행복도 나누라는 것인지, 술이 천상과 지상을 이어 주는 성스러운 음식이라서 그런지 잘 모르겠다. 난 슈퍼에서 막걸리 한 병을 사 왔다. 제사상에 막걸리를 놓진 않지만 소콜, 맥주와 더불어 즐기는 술이기 때문에 막걸리를 택했다. 한 잔 이상 마셔 본 적 없어 반병이 마지노선이라 생각했던 나는 한 병을 마시고 내 안에 내재되어 있던 슬픔을 토해내기 시작했다. 밍키의 죽음이 슬펐는데 드러내지 못했던 무의식 속 나의 슬픔이 고개를 들고 일어났다. 밍키를 잃은 슬픔, 나의 슬픔이 믹스가 되었다. 동물로 태어나 말도 못하고 사료를 주식으로 남의 처분만으로 살았던 밍키, 그러나 사람처럼 감정이 있어 애처로웠던 밍키. 사

람으로 태어나 어떤 면은 남들보다 조금 더 가졌으나 트리플 A형이라 상처에 취약하고 가진 만큼 삶을 잘 펼치지 못했던 나. 모두에게 사는 것은 한편엔 행복, 한편엔 아픔을 지니고 살기 마련이라 둘을 위하여 한 병이 비워졌다. 술은 오늘 천상의 모습으로 풍요로움을 더 하지도, 악마의 모습으로 추함을 더 하지도 않고, 그저 보편적이고 나약한 인간의 모습을 보여주었다.

1%의 알코올만 지니고 있으면 술이라 명한다는데, 과일이나 곡식 등을 발효시킨 약도 아닌 음식이 사람을 가지고 논다. 취한 힘으로 빛보다 빠르게 달려보자. 그러면 타임머신을 탈 수 있겠지. 시간을 뛰어넘어 과거의 나와 만나고 아버지와 만나고 젊은 엄마와 만나고 밍키도 만나고 싶다. 이 우주에서 보이지 않는 지나간 그림을 한 번 보고 싶다.

알콩달콩하고 오손도손하게

좋아하는 말들이 있다. 크지 않고 작은 것,
사는 것이 별 볼 일 없어 때때로 비루하다고
생각될지도 모르는 서민의 행복을 나타내는 말
오손도손, 옹기종기, 알콩달콩, 아기자기,
도란도란 등.

    강낭콩 한 자루와 호박순 한 단을 사서 플라스틱 다라니에 담아 아파트 정자에 가지고 갔다. 찌는 더위에도 정자에는 맞바람이 불어 바람이 세질 때면 춥기 조차하다. 허름하고 편안한 옷차림으로 어젯밤 동네 노숙자들이 누워 잤을지도 모르는 정자에 앉았다. 아줌마들이 심심하다며 일을 거둔다. 우리들은 거창하게 국론을 논하지도 않고 고결한 사상을 논하지도 않고 옹기종기 모여 앉아 하릴없는 남편 흉, 시어머니 흉도 보고 남세스러운 이야기도 하였다. 간단한 일을 손에 잡으며 일상의 근심을 수다로 벗어 던지면 마음의 피로도 바람 따라 날아가는 것 같다. 엉켜있는 생각들 풀어 동그랗게 실패에 감아 놓는다.

돈도 없고 배운 것도 없고 내세울 것은 젊음 뿐인 신혼부부가 작은 집에서 알콩달콩 살아 나간다. 잡초는 잡초를 위로하며 나름의 예쁜 꽃을 피운다. 깨알 같은 즐거움이다.

백번 같은 말을 해도 들음이 지루하지 않고 애처롭기만 한 어머니와 도란도란 머리를 맞대고 지난 일들을 나누면 어느새 작은 계집아이와 젊은 어머니 세월을 깨뜨리고 방안에 들어와 있다. 즐거웠던 추억 까르르 웃음 터뜨린다.

새들도 더 이상 날지 않고 거리는 어둠에 잠겨
가로등만 희미하게 객들을 비추는 겨울밤,
저녁을 먹고 남편과 둘이 켜놓은 TV드라마를
흘려보내고 낮 동안 일어난 이야기꽃을 피우며
만두를 빚으면 우리 둘은 오손도손하다. 세상
은 한적하고 평화로우며 따뜻하다.

한가한 일거리 놀이 삼아 하고 격식 차리지 않아도 될 편안한 사람들 내 곁에 있으면 잠깐잠깐 쓸모없는 내 뇌의 데이터 휴지통으로 보내지고 무념의 행복이 내려앉는다. 내가 죽었다는 것도 인식 못 할 진정한 무의 세계인 죽음은 불안하고 두려운데 잠깐씩 잊혀지는 무의 세계는 왜 이리 행복한지 모순덩어리인 나에게 알 수 없는 미소가 번진다.

　단순하고 작은 것이 좋다. 즐거움은 아주 작은 것에서 온다. 땀에 젖은 이마가 나무 그늘에서 시원한 바람을 쐴 때, 마늘장아찌가 맛있게 잘되었을 때, 짭조름한 바다 냄새를 맡으며 갈매기에게 새우깡을 줄 때, 책을 읽고 '아! 그렇구나.' 무릎을 칠 때 천상병 시인의 시구처럼 아름다운 세상 소풍 나오길 잘했다는 생각이 든다.

　이 세상 많은 말들이 사연 따라 떠돌아다니다 감사하면서 사는 이들에게 작은 행복의 말을 눈처럼 포근하고 정결하게 뿌려준다.

마음을 말리다

수도를 하는 승려처럼 노동을 할 때가 있다.
마음의 근심을 육체를 힘겹게 씀으로
잊는 일 말이다. 바쁘고 힘들면 지금 당장
그 상황에만 충실할 뿐이어서 쫓아도
쫓아도 없어지지 않는 날파리 같은 쓸데없는
생각을 잊게 한다. 나도 없고 세상도 없는
몸의 몰입은 지긋하나 평온하다.
무념무상의 세계다.

땡볕에서 비지땀을 흘리며 끝없이 나오는 주말농장의 잡초를 뽑는

일, 음식 찌꺼기로 냄새나는 그릇을 뽀드득뽀드득 씻는 일 따위도 도를 닦는 심정으로 할 때가 많다. 빨래를 삶고 빨래판에 북북 문질러 빠는 것은 그중에 으뜸이다.

일 자체가 무아의 경지에 들게도 하지만 커다란 양은 솥에 푹푹 삶아 불순물이 빠진 삶은 빨래는 내 맘의 더러운 찌꺼기를 없애주는 것 같은 개운함을 느끼게 한다. 사금을 제련하여 순금을 만들었을 때의 순수한 결과물에 느끼는 감정 같은 것이다. 탈수된 깨끗한 빨래가 햇빛을 받아 앞 베란다 빨랫줄에서 반짝인다. 마지막 남은 수분을 햇빛에 말리는 빨래의 마지막 단계이다.

햇빛과 바람은 냄새가 없다지만 햇빛에 마른 빨래들은 하늘의 냄새를 가지고 있다. 화~ 하고 내 코를 뚫리게 하는 무채색 냄새.

온갖 불순물을 다 내보낸 투명한 냄새. 산소 냄새 같기도, 햇빛 냄새 같기도, 바람 냄새 같기도 한 그 냄새. 바짝 마른 바삭한 촉감과 냄새에 취해본다.

요샌 건조기로 말려 햇빛도 없이 바람도 없이 생명체가 없는 옷들이 섬유유연제의 인공 향기를 풍기며 대부분의 사람 몸을 감싼다. 향수를 뿌려 냄새를 치장한 사람과 비누로 깨끗이 목욕한 사람의 냄새는 다르다.

햇빛과 바람에 마른 옷을 주섬주섬 걷어 서랍장에 넣는다.

욕심을 버린 깨끗하고 보송보송한 마음 같다. 고추장 된장같이 바람과 햇빛을 맞고 세월 따라 숙성되어 주름 하나하나 맑은 언니의 얼굴 같다.

아날로그로 살기

지하철을 타니 누군가의 휴대폰에서
계속 카톡, 카톡 소리가 들린다.
사람들은 거의 고개를 숙여 스마트폰과
놀고 있다. 나도 지하철에서 스마트폰으로
naver 뉴스를 보며 지루함을 달랜다.

예전엔 지하철을 타면서 졸거나 책을 읽거나 하였다. '위약 기간이 끝나면 스마트폰을 없애야지.' 하는 첫 번째 이유가 지하철을 자주 타는 내가 독서를 안 하기 때문이다.

똑같은 뉴스라도 TV나 컴퓨터로 화면을 보고 들으면 빠르게 다가 오고 그냥 아무 생각 없이 지나가는데 석유 냄새를 풍기며 활자로 읽어야 하는 신문은 활자만으로 상황을 머릿속에서 인지해야 한다. 어린 시절 라디오에서 연속극을 들을 때는 주인공의 얼굴이나 품성을 생각을 불러 그려보곤 하였다. 한 가지 감각으로 생각을 불러들여 여러 감각을 깨우는 방식이다. TV 화면은 그런 상상의 싹을 없애버려 보기 편한 대신 생각은 소멸된다. 여러 감각기관이 한꺼번에 열려있는 최첨단 매체들의 사고하는 인간에 대한 공격이 사고와 상상력의 저하이다.

전화가 있기 전에 편지는 여러 번 고치어 정화된 언어를 보여주었다. 심지어 어떤 연애편지는 말린 꽃잎을 편지지에 붙여 언어조차 필요없는 감성의 형상을 보여 주었다

전화로 하는 말은 업무 면에서는 효율적이나 직설적이어서 가감 없이 언어의 폭력성을 그대로 노출하기도 한다. 그나마 집 전화만 있던 적이 나았다. 세월이 바뀌어 대부분의 사람들은 집으로 전화하지 않고 각자의 폰으로 전화한다. 남이 받을 수 있고, 사람이 집에 없을 수도 있는 일반전화보다 언제 어디서나 원하는 사람이 받을 수 있는 휴대폰으로 해야 편리하니 아주 바쁜 일이 있을 때 빼놓고 내가 두 번째로 휴대폰을 싫어하는 이유는 길거리에서나 버스 안에서나 아무 곳 아무 시간에나 울리는 전화의 귀차니즘 때문이다. 대부분 일상의 별 볼 일 없는 자신의 이야기를 들어주길 원하는 지인들의 쓸데없는 이야기들이 소음이 되어 들린다.

이런 것들이 많은 원인이 되어 난 남들이 삐삐 있을 때 없었고, 남들이 휴대폰 있을 때 없었고, 남들이 스마트폰 사용할 때 일반 폰이

었다. 예전에 살던 경비 아저씨에게 아파트 일로 뭔가를 부탁할 때였다. 휴대폰 번호를 가르쳐 달라고 하는데 난 휴대폰이 없었다. '없다' 하니 아저씨가 자기에게 전번을 안 준다고 기분 나쁘다며 가버렸다.

스마트폰으로 친구들 사는 모습을 실시간으로 볼 수 있고, 외국에 있는 친구와 보이스톡으로 무료 전화가 가능하며, 모르는 것을 클릭 한 번으로 찾을 수 있다. 그러나 나의 전번을 저장하지 않은 친구의 정보가 내 폰에 뜨지 않아 내가 서운한 것도 싫고, 내가 원치 않는 사람이 나에게 톡을 보내는 것도 싫다. 그의 사연과 함께. 물론 차단할 수 있지만 차마 그리하긴 싫어 놔둔다. 이것이 스마트폰을 싫어하는 나의 세 번째 이유이다.

이제 사람들은 만나서 서로 대화하지 않고 생각하지 않으려 든다. 게임, 카톡 등에 빠져 거의 고개 숙이고 스마트폰만 본다. 대화를 잃고 생각을 잃은 우리들은 앞으로 점점 로봇과 연애하고 로봇과 같이 살기를 원할지도 모른다. 로봇은 먹지도 배설하지도 삐치지도 않으니 내 맘대로의 세상에서 남과의 관계에서 느끼는 피곤함, 배신감 등이 없을 것이다. 점점 관계라는 것은 무색해지고 홀로 있는 시간이 많아지리라. 나도 점점 홀로 있는 시간이 많아진다.

나이가 드니 사람을 때때로 피하게 된다. 사람들과의 간격을 맞추기 힘들기 때문이다.

형제들도 어릴 때 형제가 아니며 남편도 남의 편인 적이 더 많고, 친구들도 강남에 사는 친구는 강남으로만 오라며 멀리 사는 나를 배려하지 않아 표현 못 하는 나는 작은 것에도 상처를 받는다. 이제는 단둘이 만나는 만남보다 문화센터에 가거나 중학이나 대학 동창처럼 여럿이 만나 장소 땜에 기분 상하지 않고, 경비도 일률적이고, 내가 굳이 끊기는 말의 어색함을 채우지 않아도 다른 사람들이 말하여 피곤하지 않는 관계가 좋다. 혼자 영화 속의 사람과 대화하며 영화를 보는 것도 좋다. 그리고 도서관에서 독서를 하면서 저자의 생각을 이해하고 내 것으로 만드는 과정이 가장 성취감을 느끼는 혼자만의 즐거움이다.

나는 기계가 없는
아날로그 세상을 좋아하지만,
나의 인간관계는 내가 좋아하는
아날로그의 세상이 아니라
디지털의 세상이 되어 버렸다.
1+0인 단순기계의 세계 속에서
관계의 단절을 꾀하며 홀로의 세계의
빠지는 시간이 길어지니 말이다.

장미는 다 아름답다

장미마을에 관한 책을 읽은 기억이 있다. 노란 장미를 좋아하는 사람들과 빨간 장미를 좋아하는 사람들이 공원에 획을 그어 노란 장미 반, 빨간 장미 반을 심었다.

빨간 장미를 좋아하는 사람들이 몰래 노란 장미를 뽑아 버렸다. 노란 장미를 좋아하는 사람들도 몰래 빨간 장미를 뽑아 버렸다. 이후 공원은 황폐화되어 버렸다.

다양한 생각이 세상에 공존하고 자신의 생각만을 옳다고 생각하는 사람들은 서로 대립한다. 소통의 부재는 경험하지 못한 간접경험을 두뇌의 경직으로 이해 못 하는 경우, 자신의 상황에서만 바라보는 공감력 부족, 상황을 알고 있으나 어느 것이 자신에게 이득이 되는지 저울을 달아 판단하는 경우 등 여러 가지일 것이다. 자신이 경험한 세계만이 진실이 아니며 진리는 더더욱 아니다. 진실은 보이는 세계의 사실이요, 진리는 보이지 않는 세계를 포함한다. 지나친 계산은 계산기 고장으로 화를 가져올 수 있다.

우리 모두의 의견과 상황은 다르다. 그러나 서로를 죽이고자 하면 결국은 둘 다 죽는다.

마을 사람들은 회의를 하였다. 빨간 장미와 노란 장미의 경계를 무너뜨리고 뒤섞어, 골고루 심자는 것이었다. 빨강과 노랑이 경계 없이 골고루 피어있는 공원은 다양성으로 빛났다.

무한대의 색으로 표출되는

빛의 세계는 하나하나가 축복이다.

서로의 생각이 골고루 존중되고 생활화되는 사회가 진정한 민주주의의 꽃을 피우리라

영화 「은밀하게 위대하게」를 보고

허름하고 작은 집들이 게딱지처럼 붙어있는 달동네 구멍가게에서 남한 이름 '동구', 북한 이름 '원류환'인 주인공이 동네 꼬마들에게 놀림을 받는 것으로 이 영화는 시작된다. 북한 최정예 5446부대의 2만 분의 1의 경쟁을 뚫고 남한에 간첩으로 파견된 그는 58살 아주머니가 주인인 구멍가게에서 물건을 팔고 배달도 한다. 1일 3회 이상 1인 이상이 지켜보는 곳에서 넘어지기, 2인 이상이 보는 앞에서 월 1회 노상 방뇨, 6개월에 한 번씩 길가에서 큰일 보기 등등의 행위를 하여 자신의 정체를 은폐시키는 것이 그의 첫 번째 임무이다.

가끔 북한을 탈출하여 중국에 체류하는 가족들 생각에 눈물짓는 마음 약한 우체부 아저씨 고창석이 그에게 찾아온다.

동네엔 월 15만 원씩 5가구를 임대하는 가장 부자인 대머리 아저씨의 집이 있다. 그 집엔 젖가슴을 드러낸 옷차림의 짙은 화장을 한 여자가 항상 취한 것 같이 몽롱한 상태로 살고, rock 음악을 하는 노랑머리의 리해랑이 최근 이사해 살고 있다. 그는 북한 최고위층 간

부의 첩의 아들인데 원류환 못지않은 실력의 소유자로서 5446부대의 일원이다.

대머리 아저씨 집에 사는 사람들, 구멍가게 아주머니와 그녀의 아들, 그리고 원류환이 용변을 볼 때 유일하게 부끄러워하는 예쁜 동네 아가씨 등등, 자잘한 에피소드가 펼쳐지고 관객의 웃음을 자아낸다.

어느 날 원류환이 북한에서 10대 초반부터 길러낸 리해진이 고등학생으로 분해 남파된 것을 알게 된다. 리해진은 아직 어려 전혀 다른 세계의 사상이나 경험을 접해 보지 못한 과격한 파시스트이다. 원류환, 리해랑, 리해진은 셋이 다른 간첩들에게 감시를 당하며, 언젠가 소모품으로써 버려질 운명이라는 것을 알고 후에 서로를 돕는다

원류환은 북한에 대한 충성보다 어머니의 안위를 지키려 목숨 바쳐 간첩이 되고 남파 후에는 사람들과 부대끼며 사람에 대한 정도 많이 느끼게 된다. 그리고 자신을 놀리는 꼬마가 없어지자 남몰래 신출귀몰한 무예를 선보이며 꼬마의 위치를 동네 사람들에게 알리고, 집주인 아주머니의 나약한 아들이 깡패들에게 잡혀가 폭행을 당할 때도 몰래 구해 내는 인간적인 면모를 보여준다. 맹목적인 혁명 전사 리해진의 저돌적인 행동에도 드러내지 않는 깊은 애정을 품는다. 리해진이 위험해졌을 때도 암살자를 죽이며 그를 돕는다.

김정일 사후 5446부대 창설을 반대하던 북한 최고위층 리해랑의 아버지는 자신의 아들이 속한 5446부대원들의 자결을 교관 김태원에게 명령한다. 교관 김태원이 5446부대를 처치하기 위하여 남으로 내려오고 국정원의 서팀장은 원류환 일행을 살리기 위해 5446부대원들과 김태원 일행의 싸움에 관여한다.

김태원이 자신을 감시하고 추격하며 죽이려는 것을 알아차린 원류환은 매일같이 입던 초록색 운동복을 벗어 던지고 양복으로 갈아 입고 주인 아주머니에겐 건강 조심하시라는 걱정의 말을, 자신이 좋아하던 여자와 그녀의 동생에게는 앞으로의 삶에 관한 조언을 하고, 대머리 아저씨 집에 세 들어 사는 항상 취한듯한 여자에게는 자신의 돈 전부를 준다.

양복으로 갈아입은 원류환은 바보 '동구'에서 '들개'로 태어나 '괴물'로 길러진 최정예부대의 1인자로 돌아왔다. 자신을 최정예 스파이로 길러 주었던 김태원과 그 일행이 추격 끝에 원류환을 찾는다.

원류환에게 도움을 청하여 북한 관계자로부터 몰래 숨겨주었던 우체부 아저씨 고창석은 김일성대학 교수로 원류환을 시험 했던 자로 밝혀지고 원류환을 반역자로 몰아붙인다. 그리고 "너의 어머니는 벌써 처형되었다."라고 말한다. 리해랑에게도 "너의 어머니는 첩일 뿐이고 너는 첩의 자식이고 너와 어머니는 아버지로부터 버림받았다." 말한다. 더 이상 어머니를 지킬 필요가 없어진 원류환은 반격하기 시작한다.

김태원 일행과 5446부대원들의 총격전이 벌어진다. 리해랑은 5446부대가 위험해지자 김태원 일행과 폭탄을 안고 옥상에서 떨어지고, 원류환을 구하고자 리해진은 자신의 목숨을 아끼지 않고 김태원 일행을 몰살한다. 리해진은 "내가 김태원을 죽인다고 조국을 배반할 수 없다."라고 말하며 국정원 요원에게 총을 쏘다 국정원 요원의 총에 맞아 죽는다. 세뇌되어 공산주의밖에 모르는 리해진은 소모품으로 죽음을 당하면서도 끝까지 조국이라고 믿었던 북한을 배반하지 않았고, 자신을 가르치고 돌봐주었던 원류환을 위하여 목숨을 버린다. 그러나 원류환은 김태원 일행이 쏜 총에 맞아 죽는다. 죽음의 순간에 원류환은 구멍가게 아주머니가 준 통장을 보며 혈육 같은 사랑을 느끼고, 달동네 사람들과의 단란했던 과거를 떠올리며 평화로운 일상을 그리워한다. 원류환과 리해진은 손을 잡고 죽음을 맞이한다.

원류환은 죽으면서 말한다.

"다시 태어나면 평범한 나라에 평범한 집에 평범한 아이로 태어나 죽는 거, 그런 거."

리해진은 말한다. "그런 원류환의 옆집 아이로 태어나는 것."이라고

그들이 되어 보고 싶은 것은 영웅도, 재벌도 아니고 그저 평화로운 일상을 누리는 국민일 뿐이다.

"너는 조국을 위해 죽어야 한다."라고 김태원이 말했을 때 "그럼 조국은 나를 위해 무엇을 해 주었냐?"라고 원류환은 반문한다.

개인의 죽음은 그에겐 온 우주가 소멸되는 것이다. 국가는 힘없는 개개인이 억울한 일을 당하지 않고 행복하게 살기 위하여 만들어졌고, 우리는 국가의 정의로움과 강한 힘을 믿기에 소중한 우리의 돈을 세금으로 바치고 법을 따른다.

그러나 국가라는 거대한 괴물은 때때로 약한 백성들을 집어삼킨다. 가장 훌륭한 국가는 '국가가 있다는 것을 백성이 모르는 것'이라는 공자의 말씀이 가슴에 닿는다.

우리가 후손에게 물려주어야 할 것은 국가나 민족을 생각함이 없이 개인이 개인의 행복을 위하여만 살아도 되는 그런 국가, 그런 사회를 물려 주는 것이다.

하나의 씨가 떨어져 나무가 되고 숲이 되는 것이지. 숲이 있어 나무가 자라는 것이 아니고 씨가 뿌려지는 것이 아니다. 국민이 모여 국가가 세워지는 것이다.

또한, '이데올로기는 어떻게 형성되는가? 세뇌된 인간의 두뇌는 언제, 어떻게 객관적 타당성을 찾을 수 있는가?'라는 것도 생각해야 할 부분이다.

우리에 갇힌 개는 갇혀서 사는 것이 당연하다 느끼고 주인의 침대에서 뽀뽀를 받으며 사는 애완견은 그것이 당연하다 느낀다. 그것이 이데올로기이며, 피할 수 없는 환경의 생산물이다.

필 듯 말 듯한 두 개의 봉우리가 떨어지고,
아직 꼭 다문 어린 봉오리도 떨어졌다. 소멸은
자연의 이치지만, 피고 짐의 과정을 순조롭게
지내지 못한 삶은 애절하다.
봄이 오고 여름이 오고 가을이 와야지,
봄이 온 다음 겨울이 오면 안 될 일이다.

우리는 다 별이다

아파트 거실 창에서 보이는 산등성이 집들에
켜진 불빛은 마치 나무 끝을 향해 비스듬히
올라간 크리스마스트리의 전구처럼 반짝인다.
하늘을 보니 별들도 서로서로 반짝인다.

일산은 참 공기가 맑은 곳이다. 서울과 접경지역인데도 서울보다 기온이 낮다. 온난화 현상의 주범인 이산화탄소량이 적어 그만큼 기온도 낮고 별들도 비교적 잘 보인다.

가장 많은 별을 본 것은 20여 년 전, 지리산 정상에서 본 별이었다. 별들이 빼곡히 박혀 있었고, 바로 머리 위에 있는 듯 크고 가깝게 보였다. 그야말로 산밑으로 쏟아져 내리는 것 같았다.

누구라도 사랑을 하면 밤하늘의 별을 연인과 같이 보았을 것이다. 나도 별을 보며 젊은 시절 마음속 사랑을 키웠던 것 같다.

한참 동안 밤하늘을 바라본다.

밤하늘의 별들은 소망, 환희 등 반짝반짝 빛나는 감정을 준다. 크리스마스트리나 아이들의 소지품, 연인에게 보내는 편지 등에 별이 많이 등장하는 이유도, 만인이 아끼고 부러워하는 보석 같은 존재를 스타(star)라고 칭하는 이유도 거기에 있을 것이다.

우리의 눈에 보이는 것은, 아주 조그맣게 반짝이는 별들도 지구 몇 배의 크기도 많으며, 수백만 년 전, 수천만 년 전의 별의 모습이라니 하나의 작은 미립자에 불과한 나에게 보여주는 광활한 우주의 빛은 장엄하다.

우리는 빅뱅 이후 핵융합을 통해 만들어진 원자들로, 우주먼지라고 과학자들은 말한다. 조금 더 세밀한 인간의 탄생은 태양의 떠돌이 행성인 지구에 시아노 박테리아라는 세균이 광합성을 거쳐 결과적으로 에너지를 얻는 동물과 식물을 나타나게 했고, 진화를 거쳐 인간의 현 모습이 되었다고 한다.

'저 별은 나의 별, 저 별은 너의 별'이라는 낭만적인 노래 가사와 틀리지 않다.

태초의 별들은 우리 족보의 일부분이다.

천체 과학자들의 생명 탄생 이야기는 하나님이 원래부터 인간의 형상으로 인간을 창조하신 창세기와 비교된다. 어찌 되었든 간에 나라는 인간은 대 우주에 비하여서도 천지를 창조하신 하나님의 자녀

로서도 지극히 미약한 존재임에 틀림없다.

별은 진화론을 인정하지 않는 성경에서도 신성시 여겨 동쪽에서 메시아별을 보고 온 동방박사 이야기를 다루었고, 서양 및 동양 점성술에서도 인간을 소우주로 보아 대우주인 천체의 운행법칙과 기운을 따라 태어난 인간의 운명을 점치기도 한다.

많은 문학 작품에서 별이 등장하고 등장인물들은 그 앞에서 사랑을 맹세하고 자신의 꿈을 키우고 태어남과 운명과 죽음의 은밀한 밀어를 느낀다.

과학은 딱딱하고 건조한 것이라 생각했던 몇년 전까지의 생각과 달리 먼지 덩어리에서 출발한 지구에서 변해가는 주변 여건에 따라 무생물에서 유생물로 인간으로 점차 진화되는 과정을 공부하니 다이돌핀이 팍팍 생성되었다. 어떤 질서에 따라 움직이는 듯 보이는 것이 세상 섭리에 순응하고 따르라는 신의 섭리 같기도 하여 학창시절에는 보지 않았던 천체 물리학 책을 조금씩 보게 된다.

샛별을 보면서 새벽공기가 태초의 시작처럼
나를 감싸면 하루를 사는 각오를 다지게 되고,
밤하늘의 별을 보면서 나의 탄생, 잊었던 꿈
그리고 살아왔던 크고 작은 사연들을 떠올리며
별들과 이야기를 나누기도 한다.

나이가 들어가니 돈으로 사는 좋은 집, 예쁜 옷, 비싼 장신구 등 세상적 껍데기 같은 욕망에 허무함을 느끼게 되며, 이 지구 모든 이의 공동소유인 자연이 좋다. 날 것인 것들이 좋다.

잎을 걸치지 않은 겨울나무의 고독, 내 영혼을 깨어나게 하는 새벽공기, 감성을 뜨겁게 태우는 한 낮의 태양, 내가 세상 끝날 때 돌아갈 것 같은 보석 같은 밤하늘의 별 등이 나를 행복하게 한다. 공짜인 이 세상에 공짜로 태어난 나는 행운아이다. 1개의 정자가 4,000만 분의 1의 경쟁을 뚫고 난자와 결합하여 내 몸이 태어났고, 신이 선택한 소중한 존재로 내 정신이 태어났다. 다음 생에도 나는 돈 많은 사람, 예쁜 사람보다 많이 공부하는 사람으로 태어나고 싶다. 그땐 문과생이 아닌 과학도로 우주와 인생법칙의 합일을 연구하고 싶다.

성탄절에

언제나 연말 송년회를 앞서 우리는
크리스마스라는 예수 탄생일을 기다리게 된다.
나는 종교적 의미보다 하얀 눈에 덮인
조그맣고 예쁜 교회, 소망을 가져다주는
산타할아버지, 전설의 루돌프 사슴코 등을
상상하며 때 묻지 않았던
어린 시절의 먼 기억으로 여행을 떠난다.

들뜬 거리의 모습은 과거의 달콤한 추억과 황홀한 미래에 대한 상
상을 일으키며 과거와 미래의 경계를 무너뜨리고 있다. 그날만큼은

시계를 팔아 아내의 모자를 사주고 머리카락을 잘라 남편의 시계를 사주었던 너무나 사랑하는 동화 속의 부부가 된다. 주머니를 털고 내 마음의 잊었던 낭만도 꺼내어 가족들과 모처럼 라이브 카페도 가면서 즐긴다. 양면적인 내 마음속에 있는 가장 순수하고 로맨틱한 부분을 즐기고 싶은 것이다.

어린 시절 서울의 한복판에 살았음에도 크리스마스 때면 동네 길에서 사과 궤짝을 다듬어 썰매를 타기도 하며 언니와 색종이, 은종이, 금종이를 오려 크리스마스트리를 만들고 크레파스로 카드를 색칠해 식구들에게 선물하였다. 과자와 빵이 귀한 시절이었지만, 엄마는 케이크와 맛있는 과자를 한가득 사서 우리들에게 주셨다. 미신을 믿고 기독교를 좋아하지 않는 어머니지만 우리들의 기분을 맞춰주시려 노력하셨다.

형형색색 반짝이는 트리들은 어린 소녀를 알록달록 여러 빛깔의 감성을 간직한 환상의 세계로 데리고 가곤 했다. 눈 내리는 크리스마스는 가장 순결한 영혼인 천사의 모습을 느끼게 한다. 절망과 미움 같은 어둠도 인간의 죄를 대속하여 돌아가신 예수님 탄생의 경건함과 하얀 눈의 성스러움, 그리고 연인들의 사랑에 묻혀 빛으로 발산되는 것이다.

한껏 멋을 낸 젊은 남녀들이 무수한 향기를 내며 불빛으로 현란한 거리를 사랑과 술에 취해 걷는다. 사람들은 크리스마스와 송년을 맞이하여 감성이 이끄는 그들 모임에 충실하다가도 무작정 흘러간 속절없는 한 해의 허허로움에 빈 가슴을 쓸어내릴지도 모른다. 그리고 새해에 가졌던 소망들이 손가락 사이로 빠져나간 모래알이 되어 그들을 아프게 할 것이다. 미워했던 사람들, 절망의 날들을 후회하고 한 해를 돌아보며 다가오는 새해를 다시 또 소망해 본다.

오늘은 펑펑 눈이 내린다. 이제는 적지 않은 나이가 되었으나 아직도 눈을 맞으며 거리를 거닐고 싶다. 아는 이들은 아마도 그들만의 생활에 빠져 분주할 것이다. 전화를 걸면 나의 시간과 그들의 시간은 삐걱거릴 것이다. 그러면 난 조금은 마음이 상할지도 모른다. 하여 나는 그냥 나 홀로 걷기로 하였다. 어둡고 욕심에 가득 찬 인간 세상을 정화하려는 듯 눈은 내리고 있다. 나를 가장 잘 이해하는 나와 같이 걷는 눈은 쓸쓸하기도 하였지만 외로움은 지극한 자유였다. 걸어온 길들은 내 뒤에서 카드의 한 장면이 되어 내달리고 있다.

눈이 그치고 크리스마스와 송년이 지나면 긴 겨울이 우리를 침묵의 세계로 데려간다. 그리고 언젠가부터 초저녁에도 태양의 밝음이 거리를 비추면서 새로운 봄을 맞이하게 될 것이다. 어느새 어둠을

뚫고 빛을 찾아 나온 새싹과 먼 산에서 내려오는 샘물의 경이로움에
잠겨 자신을 침체에서 끌어내어 부활의 세계로 이끌 것이다.

거미

새벽 숲, 나무 사이에 걸린 거미줄은 청아하다.
거미줄은 거문고의 현처럼 느껴지며, 줄에선
맑고 고운 거미 연주자의 거문고 소리가 들리
는 듯하다. 그 뒷길에선 영화 속 은행나무
전설처럼 몇 천 년을 윤회하여 다시 만난
연인의 운명의 숲도 보이는 것 같다.

새벽 숲은 싸한 공기 냄새가 난다.
젖은 풀꽃 냄새가 난다.
한여름, 어스름 뿌얀 새벽의 여명 속에서 촉촉이 이슬로 반짝이는 거미줄의 반김은 청년의 초록 숲처럼 빛나는 하루의 시작을 알리는 설렘을 준다.

같은 것도 장소에 따라 달라 보이는 까닭은 무엇일까?

거미줄은 집안에서 보면 청소가 안 된 집처럼 보인다. 사람의 손길이 닿지 않은 집, 주인이 게으르고 뭔가 하는 일이 안 되어 음산한 기운이 보이는 집처럼 느껴진다.

거미란 영물이어서 밤 거미는 불운을 뜻하고 낮 거미는 행운을 의미한다고 한다.

저녁에 청소하다 오래된 아파트 거실에 떡하니 바닥에 앉아 있는 왕거미를 발견한다. 사람을 물지 않아 살생할 수도 없고 집에 둘 수도 없어 어찌할까 망설이다 휴지로 싸서 창가로 내보낸다. 내일 중요한 일이 있어 미물에게조차 나의 행, 불행을 점쳐야 하는 밤은 초조하기 그지없다.

모기와 날파리 등을 끈적한 거미줄로 잡아들이는 유익한 절지동물이라는 밤 거미의 징조는 나에게 틀리지 않았다. 휴지로 싸서 버렸건만 나는 내 몸이 땅속으로 꺼져가는 것 같은 일의 후유증을 앓았다. 미물조차 아무런 뜻이 없이, 우연히 오지 않는 세상의 법칙은 무엇일까?

건축과 기하학의 기초가 동물들의 집짓기에서 그 기원을 찾는다는 어떤 분의 이야기처럼 모든 숨 튼 것들은 세상 사는 법을 나에게 알려주는 것 같다. 나도 미물도, 심지어 무생물인 바닷가의 돌멩이조차도 신의 섭리에 따라 만들어지고 같이 교감하며 세상 놀이를 한다. 신께서 보시기엔 슬픔도 절망도 미숙한 인간이 겸허하게 다듬어

지는 아름다운 과정이라 생각하실까? 그러나 생물 하나에서 볼 때 절망은 온 세계가 찢어지는 것 같은 아픔을 겪는다.

지금 이사 온 집은 새 아파트라 거미를 거의 볼 수 없다.

초겨울에 진입한 내 나이에 갖는 생각은 이젠 행운을 뜻하는 낮 거미도, 불행을 뜻하는 밤 거미도 없는 그저 어제가 오늘 같고, 오늘이 내일 같은 일상이 평온하게 계속되길 바랄 뿐이다.

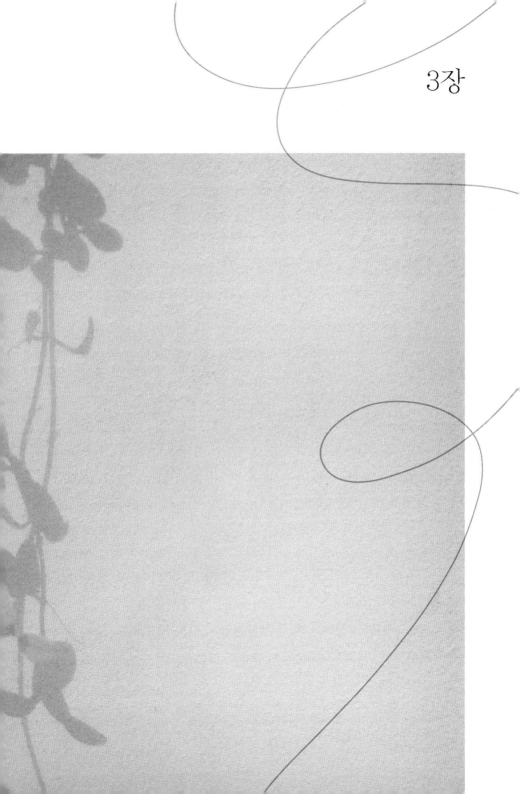

3장

'동물', 생태계의 아름다운 조화

털이 거친 길고양이가 나를 보자마자
얼른 몸을 차 밑으로 피한다.
윗집 멋쟁이 아줌마 품에 꼭 안긴
윤기 나는 애완견과 대조적이다.

무슨 죄가 그리 많아 음식 찌꺼기로 연명하며 자신의 터전인 이 땅을 마음껏 다닐 자유조차 없을까? 사람 옆에 붙어살 팔자면서 평생 사람을 피하면서 살다니. 먹던 생선을 종이에 싸 가지고 와 "나는 네 친구야, 이리 와봐." 나지막이 말하지만, 겁먹은 고양이는 야옹 하면서 울기만 한다. 빨리 가라고 하는 모양이다.

인간의 지배하에 동물은 자신의 자식을 지킬 권한이 없다. 그저 자식이 팔려 갈 때마다 알 수 없는 언어로 낑낑댈 뿐이다.

안타까운 점은 우리가 발로 차고 잔인하게 죽여도 전혀 법에 저촉을 받지 않는 그러한 동물들이 마음을 가졌다는 것이다.

고차원적인 사유를 하지는 못하지만, 주인이 한번 머리를 쓰다듬어 주면 기뻐하고, 주인과 새끼, 배우자를 위하여 목숨을 버리는 사랑을 하기도 한다. 중국의 한 곰은 사람들의 보신으로 자기 새끼가 빨대로 피를 빨리는 고통을 당하자 새끼를 죽이고 자신은 자살하였다 한다. 그 곰의 단장의 고통을 느낄 수 있었다.

지구의 모든 생물이 종의 다양성을 갖고 있고, 그 다양성에 따라 특성이 각자 다르게 발현되며, 그 한계를 벗어 날 수 있는 길은 전혀 없다.

그러나 그 다양성 속에서도 공통적인 것은 감정의 단순성이다. 피비린내 나는 정치가들의 숨 막히는 싸움 속에서 살아남은 1인자, 대통령도 국민에게 도움이 되는 각료보다도 자신에게 헌신적이었던 사람에게 일을 맡긴다. 잘난 사람이건 못난 사람이건 자신을 알아주고 자신을 사랑하고 자신에게 도움을 주는 사람이 필요한 우주의 외로운 한 점일 뿐이다.

사랑해보라. 유치삼삼한 '죽을 만큼 그립다.'라는 말, '사랑한다'라는 말 외엔 진실이 없다는 것을 깨닫게 된다. 그 단순성 앞에 인간과 동물은 1:1 동일한 존재로 공존한다.

식물이 우리를 깊고 깊은 상념의 세계로 이끈다면 동물은 우리를 넓디넓은 상상의 세계, 동화 속의 세계로 이끄는 힘이 있다. 동화 속의 동물들은 의인화되어, 왕자 두더지는 땅속에서 공주님을 기다리고, 늑대는 양 아기를 잡아먹고, 양 엄마는 늑대가 잠든 사이 가위로 아기를 꺼내고 돌을 집어넣는 환상의 이야기가 펼쳐진다.

또한, 파도를 일으키며 태양을 향해 올랐다가 수직으로 바다에 떨어지는 고래, 초록의 정글을 내달리는 치타의 속도감 등은 가슴속까지 시원한 생동감을 느끼게 하며 삶에 의욕을 돋운다.

> *동물들은 각자 다른 종들의 모습과 생존하는 양식의 차별성, 포근한 감촉, 단순성의 묘미, 인간처럼 감정의 대립이 없는 평온성 등등으로 우리를 휴식의 세계로 이끈다. 그리고 모든 동식물은 우리의 비밀에 대하여 언어의 단절로 인한 영원한 침묵을 지킨다.*

배신을 하지 않는, 자신의 먹이 외에는 집착을 부리지 않는 선한 생물이 동물이건만 진선미, 지덕체처럼 진리와 지식, 깨닫고자 하는 정신이 인간의 첫 과제라 인간으로서 사유함이 없고 끊임없이 배우고자 하는 노력이 없다면 과연 이 세상에 태어난 것이 가치가 있는 것인지 생각해 본다.

모든 생명은 다 나름의 존재 가치가 있다고는 하나 선함과 몸을 가진 것만으로는 낮은 차원의 생명으로, 미완성의 삶으로 생각되고, 그 이유로 다음 생에 동물로 태어나지 않고, 사람으로 태어나기를 바란다.

연극의 막이 내릴 날이 그리 멀지는 않다는 생각을 하면서 다음 생에서도 지금처럼 책도 읽고 수필도 쓰며, 해외 여행은 아니더라도 때때로 지인들과 카페에서 커피를 마시며 담소할 수 있는 정도의 주머니 사정을 가진 사람이 되고 싶다는 생각을 해본다.

영사기 속의 겨울밤

겨울밤이 총총총 나에게 다가와 말을 건다.
떠오르는 기억들.
영사기의 화면도 추워서
잰걸음으로 빨리 걸어온다.

아랫목에 모여 서로 이불을 뺏기지 않으려 했던 한옥집 안방. 밖의 살을 에는 바람과 어두움, 움츠린 거리의 외로움이 추웠다면 아랫목에 모인 어린 시절 겨울은 추웠던 것만큼 따뜻했다.

밀착된 체온, 서로의 입에서 나오는 종알종알 개구리 알 같았던 쉼없는 이야기들, 따끈한 밥, 뜨거운 아랫목. 흰 얼음과 일찍부터 어두

워지는 검은 하늘과 더불어 내 기억은 무채색의 화면을 재방송한다.

긴 겨울 방학이면 엄마는 우리에게 아침을 차려주고 시린 발을 동동 구르며 장사를 하러 집을 나가신다. 자식들 넷은 TV 앞에서 채널 전쟁, 공부하기, 만화책 보기로 긴 겨울을 보냈다. 점심은 우리가 요리할 수 있는 것이 없어서 김치볶음밥을 해먹거나 김을 싸먹거나 마가린에 비벼 먹거나 매일 비슷한 것을 먹었다. 무엇이 그리 웃기고 재미있었는지 맨날 깔깔대고 웃었다. 그러다 싸우면 울고.

밤은 길고, 방은 좁고, 엄마는 늦게까지 장사 하느라 안 오고, 우리는 어려서 어미 개 밑에 모여 있는 강아지들처럼 먹고 놀고 싸우며 자고 그렇게 한방에서 동그랗게 의지하며 살았다.

겨울밤은 추위로 인적이 드물어 한적하였다.

통행금지가 있고 거의 다 단독에 살던 시절이라 밤에는 소리가 거의 소멸되었다. 눈 덮인 거리엔 노루 한 마리만 나타날 것 같은 느낌이다. 이따금 개 짖는 소리만 들린다.

동치미는 꽁꽁 얼고, 마당에 수도도 얼어 터졌고, 외풍은 세서 방 윗목의 물도 어는 어느 날. 한밤중 잠을 설친 어머니의 연탄 가는 소리가 밤의 정적을 깬다.

그때 난 고등학교 학생이었던 것 같다. 공부하는 것을 즐기진 않았지만 남에게 지는 것을 싫어하는, 욕심 많던 나는 옆에 자고 있는 언니가 깰까 봐 이불 속에 백열전구를 집어넣고 중얼중얼 외우며 공부를 하였다. 언니가 "너 땜에 잠을 못 잔다." 난리를 쳐서 부엌 부뚜막으로 쫓겨나 공부를 한 적도 많았다. 잠을 설쳐 분을 못 참고 머리카락부터 잡던 언니와 말을 앙칼지게 하였던 나는 내 공부로 인하여 크게 싸웠다. 싸움은 내가 직장 생활을 할 때까지 계속되었다. 남동생들 하곤 거의 싸운 기억이 없다.

지금처럼 방을 혼자 쓰는 풍족한 환경이라면 이런 일은 벌어지지 않았을 것이다. 엄마에게조차 잠 안 자서 언니를 괴롭힌다고 혼난 기억은 계속 억울하였다. 엄마는 언니를 편애한다고 생각했다. 여자의 공부가 칭송받지 못했던 시절이었다.

밤이 지나면 아버지의 헛기침 소리가 새벽을 알린다. 아침이 오면 찬거리가 없는 엄마는 콩나물 10원어치를 사러 구멍가게에 가고 겨우 눈곱을 뗀 형제들 넷은 호마니카 상 앞에서 생선 한 번에 김치 한 번 순서를 정해 고기반찬을 감시하며 밥을 먹는다. 생선을 포함하여 계란, 고기 등 단백질이 절대적으로 부족한 시기였다.

집집이 쌀 몇 가마, 연탄 몇백 장, 백 포기쯤 되는 김장을 해놓고 나면 월동 준비가 다 끝나며 배가 부르던 시절이었다.

먹을 것에 연연하던 가난한 시절이었지만 사무치게 그리운 것은 언젠가 무엇이 되어 성공할 수도 있다는 미래에 대한 설렘, 젊은 아버지 어머니와 어린 우리 무리들의 체온, 그늘 없는 마음이 있었기 때문이다.

하꼬방이 다닥다닥 붙어 있는 퇴로를 모르는
골목길 같은 인생길, 기웃기웃 출구를 찾아
헤매는 보물찾기 같은 미로 같은 인생에서
햇빛이 눈부셨던 따뜻한 기억이다.

「은교」 저승보다 먼 사랑

　"사물에서 각자 떠올리는 이미지는 이승과 저승만큼 멀다. 가난해서 학교를 못 가는 학생에게 연필의 달가닥거리는 소리는 연필의 눈물이다."라고 말하는 '이적요'라는 노시인은, 외지고 해묵은 집에서 바랜 그의 책더미와 함께 색깔 엷은 수채화처럼 잔잔한 일상을 보내고 있다.

　어느 날, 시인은 자신의 집 흔들의자가 좋아 무단 침입한 은교라는 고등학교 2학년생을 집안 청소 알바생으로 들이게 된다. 침침한 시인의 집은 은교로 인하여 풋풋함이 깃든다.

　'별에 대해 느끼는 것도 사람에 따라 다르다.'라는 것을 깨닫는데, 10년이나 걸린 무딘 감성의 이공학도인 서지우는 오랫동안 스승인 이적요를 보필한 공으로 시인인 이적요의 소설인 『심장』을 자신의 이름으로 문단에 발표하여 베스트셀러 작가가 된다.

　은교를 통하여 까탈스러워 빵을 먹지 않았던 시인은 빵을 먹게 되고, 그녀의 젖은 교복을 드라이어로 말리기도 하고, 절벽에 떨어진 그녀의 거울을 위험을 무릅쓰고 주워다 준다. 해맑고 천진하고 보드

라운 살결을 가진 은교를 보며 푸르렀던 젊은 날의 자신과 그녀와의 사랑을 상상한다. 화면에선 그녀의 맨질맨질한 발 뒷꿈치와 시인의 굳은살 배긴 발 뒤꿈치를 비교해준다.

> *낡은 몸을 걸친 시인과 풋사과 같은 몸을 입은 소녀는 서로 다른 껍데기를 가지지만 저들만의 방식으로 사랑을 한다. 시인에게 은교는 차단된 시간의 다가갈 수 없는 욕망이었으며, 은교에게 시인은 사물을 자신의 방식으로 바라볼 수 있게 새로운 세계를 열어준 거대한 산이었다.*

　서지우는 서재를 정리하다 이적요가 쓴 『은교』라는 단편소설을 발견하고, 이적요 몰래 문단에 발표해 이상문학상을 받는다. 불같이 화를 낸 이적요는 그러나 이상문학상 시상식에서 서지우를 폭로하지 않고 "이렇게 아름다운 작품은 처음이며 너희 젊음이 너희 노력으로 얻은 상이 아니듯, 내 늙음도 내 잘못으로 받은 벌이 아니다."라며 장벽으로 가로막힌 자신의 사랑에 대하여 쓸쓸한 토로를 한다.
　서지우과 은교는 이적요의 집에서 만나게 되고, 은교는 서지우와 섹스를 하게 된다. "여고생이 섹스를 왜 하는지 알아요? 외로워서 그래요."라는 말을 남기며. 사다리 너머에서 이 장면을 목격한 이적요는 허탈감과 상실감에 쌓인다. 감옥에서 차의 분해와 조립을 배운 이적요는 서지우의 승용차 나사를 풀었으나 서지우가 이를 발견하여 아슬아슬하게 살인자가 되지 않는다. 교묘하게 서지우는 다른 교통사고로 세상을 떠난다.

술로 세상을 보내는 이적요에게 대학생이 된 은교가 찾아온다. 이적요는 등지고 누워 은교를 모른척한다. 은교는 "『은교』라는 소설은 서지우가 쓴 것이 아니라 할아버지가 쓴 거예요. 할아버지만 느낄 수 있는 상황이 써 있어요. 할아버지 옆에 있으면 따뜻하고 행복한 기운이 돌았어요."라고 말한다. 그녀가 자리를 뜨자 이적요가 "은교야 잘 가."라고 혼자 말하는 것으로 이 영화는 끝난다.

예술은 모방이라고 한다. 이 영화를 보면서 같은 사물이라도 사람에 따라 다르게 보인다는 것은 "너는 나에게 꽃이 되었다."라는 김춘수의 '꽃'이라는 시를 연상케 하며 절벽에 떨어진 거울을 주워준 장면은 수로부인에게 절벽에 있는 꽃을 꺾어준 '헌화가'를 연상케 했다.

그리고 도덕적인 면에서는 서지우와의 섹스만 담음으로써, 흔히 말하는 원조교제라는 틀로부터 벗어났고, 이적요라는 대문호가 살인자가 되는 것을 피해 나갔다.

야한 영화를 좋아하는 남편을 따라 본 영화는 애잔하였다. 들꽃 흐드러진 쓸쓸한 가을 길을 걷는 것 같았던.

살아있는 동안 점점 파이는 몸과 달리 파이지 않는 마음이 있어 가고 싶으나 감을 끊어 낸 우리 모두의 죄가 아닌 시간의 흐름이 아프게 느껴졌다.

서촌 탐방기

대지를 달구던 뜨거움이 추적추적 내리는 비로
서서히 냉정함을 찾아가는 6월 어느 수요일,
한 달에 한 번씩 만나는 여고 반 모임이
경복궁역 1번 출구에서 있었다.
지금 만나는 친구들은 고등학교, 대학교
동창인 은희를 빼곤 그리 깊은 정을 나누고
있는 사이는 아니지만, 고등학교 시절 같은
공간과 시간을 공유한 동질감으로 또
이 모임의 취지가 빛의 속도로 지나가는 듯한
짧은 삶에서 서울의 역사를 짚어보는,
사람으로 태어나 하나라도 배울 수 있는
모임이기에 난 거의 빠지지 않고 참석한다.

오늘은 경복궁 서쪽에 대한 탐방이다. 경복궁에서 사직터널로 가는 길목에 자리 잡은 서울 사직단이 맨 처음 우리 눈에 띄었다. 서울 사직단은 국가의 제사를 지내던 곳으로 토지(社)와 곡식(稷)의 두 신에게 단을 쌓고 제사를 지내던 곳이다. 중심에 사단과 직단, 둘러싼 사방 담에는 홍살문이 쳐 있다. 그날 가진 않았지만 조금 더 걸어가면 사직 도서관이 있는데, 중학교 시절 시험 때마다 친구들과 이곳에서 공부하며 당시 베스트셀러인 마우라 아야꼬의 소설 『빙점』을 읽고 토론하던 기억이 난다.

종로도서관을 거쳐 배화여고로 갔다. 배화여고는 1898년에 개교된 이래 과거의 건축물을 거의 보존하고 있다. 특히 배화여고 생활관은 그 시절 건축물의 백미로써 외관은 서양식의 붉은 벽돌벽이고 서양식 기둥을 하고 있지만, 지붕은 한옥의 기와지붕이다. 배화여고 교무실 뒷문을 가로지르니 이항복이 쓴 필운대가 각자된 돌이 보인다. 이항복의 9대손이며, 고종 때 영의정을 지낸 이유원이 지은 사문도 돌에 각자되어 있다. 배화여고 건물이 이항복의 집터였단다. 초등학교 책에 나오는 옆집인 권율 장군의 마당으로 뻗어 나간 이항복 집의 감나무 열매 이야기, 오성과 한음 이야기가 생각이나 명석하고 지혜로운 재상을 떠올리게 했다. 풍수지리설에 의해 터가 좋은지 이항복 이래로 10명의 정승이 배출되었고, 배화여고 터도 100여 년이 지난 지금도 그대로이다. 이항복의 호는 필운과 백사 등이 있는데, 이항복의 호를 따라 이 동네는 필운동이 되었다 한다.

필운동을 출발하여 통인동으로 가는 길은 좁은 골목과 오래된 낡은 집들이 있다. 종로 뒷골목을 보존하려는 국가시책 때문인지 개축을 못 하고 가정집 또는 커피숍으로 간판만 단 채 보존되어 있어 김지미 신성일이 스크린을 점령하던 흑백영화 시대의 지나간 추억을 반추하게 한다. 가난한 시절이었으며, TV도 몇 집 없었다. 지금처럼 컴퓨터나 스마트폰 등 기계와 친하지 않았고, 사람들이 서로 부대끼며 살던 때였다. 여인네들의 한도, 정도 많았던 그 시절, 동네 어딘가에서 정신없이 나가 놀고 있는 나를 젊은 엄마가 석유풍로로 밥을 해놓고 부르는 것 같다. 조선 시대로의 여행보다 내 학창시절의 동네와 비슷했던 이 거리로의 여행이 마치 은행나무 전설 속의 전생 세계처럼 더 옛날로 빠져들게 하였다. 친구들과 저만치 떨어져 걸으며 시간의 흐름으로 모든 것이 많이 달라진 오늘의 나를 생각하였다.

통인시장은 조선 시대의 화폐인 엽전을 사용하여 밥과 반찬을 사서 먹는 도시락 카페들이 주를 이루고 있다. 5천 원에 엽전 10개를 사면 빈 도시락을 주고, 그 도시락을 가지고 맘에 드는 반찬을 골라 엽전을 내고 담는다. 시장 자체가 거대한 뷔페식당이라 보면 된다. 가장 유명한 음식은 간장으로 양념해 기름으로 볶는 기름 떡볶이다.

통인시장을 거쳐 언덕을 쭉 올라가니 계곡이 보였다. 서울 종로 한복판에 마치 설악산을 축소해 놓은 것 같은 계곡이 존재하다니. 그 경이로운 광경에 한동안 내 눈과 마음이 계곡에 멈춰 있었다. 수성동 계곡을 복원하기 위하여 역사 깊은 옥인 아파트를 헐어, 헐린 잔해인 한쪽 벽이 아직도 계곡 입구에 역사의 유물로 남아있다. 수성동 계곡은 조선 후기 진경(眞景) 산수화로 큰 획을 그은 겸재 정선의 그림에 등장했을 만큼 경치가 빼어난 곳이다.

옷이 약간 젖을 정도의 비가 내렸다, 비를 맞아 걷는 내내 퍼지는 초목들의 냄새가 났다. 초록을 더하여 빗방울을 동그랗게 달고 있는 나뭇잎이 보였다. 계곡의 맑은 물속에는 기름칠한 듯 윤기 나는 돌과 작은 물고기가 보였다. 오솔길을 따라 자하 문 쪽으로 걸어갔다. 계속 보고 느끼며, 천상병 씨의 시처럼, 이 세상 소풍 나온 것이 티 없이 즐거웠다. 잠자리처럼 가볍고 고운 날개로 날아가는 듯한 기분이었다. 그윽한 커피 한 잔이나 약간만 취하게 해줄 막걸리 한 잔이 생각났다. 비를 맞으며 설악산을 종주하던 감미로웠던 학창시절의 추억 속으로 잠시 들어갔다. 다시 여고 시절이나 대학 시절로 돌아간다면 하고픈 일이 너무도 많은데, 이 세상 모든 것은 예습이 없고 복습도 없어 아쉬운 마음에 서글프다.

자하문을 지나 백사 계곡 쪽으로 가면서 자하 손만두에서 점심을 먹었다. 이 집 만두는 소에 두릅을 넣거나, 만두피에 각각의 색깔 있는 야채즙을 내 반죽해 오색으로 빚어 미각을 자아내는 색깔, 맛, 영양 등을 두루 살린 만두다.

산모퉁이는 커피 프린스의 촬영지로 유명한 곳이며, 부암동에서 가장 높은 곳에 위치한 카페이다. 카페에서 올려다보면 창의문, 숙정문, 혜화문을 연결한 한양 성곽이 지네 모양으로 길게 마치 옆길인 양 가까이 보이고 내려다보면 종로의 가옥들이 성냥갑처럼 북악산 속에 총총히 박힌 것이 보인다. 비가 오고 개인 후라 먼지를 털어낸 북악산은 세수한 아이같이 맑고 짙은 총천연색을 내뿜었다. 물감통에서 막 짜낸 듯 선명한 색이다.

내려오면서 조선왕실의 외척인 윤덕영이 딸을 위해 지어주었다는 박노수 가옥을 보았다. 한옥과 양옥의 건축기법 외에 중국식 건축기

법이 가미되어 있다. 후에 동양화가 박노수 화백이 이 집을 인수하여 박노수 가옥이라 부른다.

　모처럼 세검정을 경유 하여 버스 정류장으로 걸어갔다. 세검정에선 효자동에서 중학교를 다녔던 내가, 방과 후 버스로 두 정거장 정도인 세검정 순자네 집으로 영심이와 함께 걸어가 집 근처 계곡에서 거머리에 물리며 놀던 기억이 난다. 서른 살에 세상을 떠난 순자가 희미하게 떠오른다. 순자의 웃는 얼굴은 아직도 젊다.

　　　　종로에 가면 어딘가에서 하얀 옷깃에 풀을
　　　　먹인 교복을 입은 내가 나이들은 나를
　　　　쳐다보며 "괜찮아, 삶은 언제나 그땐 힘들어도
　　　　뒷면에 달콤함이 숨어 있어. 뒤돌아보며
　　　　그리워하는 그 시절도 아름다웠지만 지금도
　　　　아름다워."라고 빙그레 웃으며 말하는 것 같다.
　　　　집도 땅도 생명을 가진 것일까? 종로에서
　　　　중고등학교를 다녔던 나를 낯익은 종로의
　　　　건물과 불빛이 반가이 맞이하며
　　　　꼬옥 안아주는 것 같다. 커피숍도 책방도 나를
　　　　부르는 것 같아 뒤를 돌아본다.

『그 많던 싱아는 누가 다 먹었을까』를 읽고

이 책은 박완서 작가의 자전적 소설이다.

나는 6·25를 겪은 세대가 아니라 이 책에 있는 시대적 배경과 멀리 떨어져 있다. 그럼에도 낯익은 것은 공간적인 배경인 현저동이 내가 성장하였던 신촌과 가깝고, 작가가 담쟁이 넝쿨이 온통 교정의 외벽을 덮은 여고의 추억을 공유한 나의 선배이기 때문이다. 전쟁을 겪은 후 나라는 가난하고 자식들은 많이 낳아 부모의 섬세한 돌봄 없이 돌부리처럼 크는 상황도 비슷하였다. 책 서두에 내가 초등학교를 다닐 때와 같이 누런 코를 흘리다 소맷부리에 쓱쓱 문대거나 들여 마시는 아이들의 광경은 아련한 추억에 잠기게도 했다.

화자인 나는 유년시절 박적골에서 아버지를 3살에 여윈 귀한 손녀딸로 조부모님과 숙부, 어머니의 각별한 사랑으로 구김살 없이 자란다.

억척스런 어머니는 아들에 이어 딸도 신여성으로 키우기 위해 할아버지의 뜻을 거역하고 서울로 이사를 간다. 남녀를 많이 차별하던 시대에 딸을 초등학교부터 명문에 보내기 위해 주소지를 옮기고 숙명여고에 입학시킨다.

허영심과 성취감이 강한 어머니는 남이 맡긴 돈으로 일찌감치 현저동에 집도 마련하고 기생옷 바느질로 아이들을 키운다.

자연이 주는 희열과 우정, 따뜻한 가족애 그리고 강한 성취 욕구 속에서 다른 아이들과 같이 잘 성장한 나는 서울대에 합격한다. 그 와중에 6·25가 터져 좌익 활동을 하던 오빠에게 수시로 위험이 닥치고 많은 도움과 사랑을 주던 숙부는 공산주의자란 이유로 사형당하게 된다. 화자도 학교를 못 다니게 된다. 총독부를 거쳐 철공소 직원, 교사 등으로 비교적 잘 나가던 오빠가 총기오발 사고로 크게 다쳐 그로 인해 피난도 가지 못한다.

독립문 근처의 모든 집이 다 피난 가고 없는 거대한 허허로움에 화자는 할 말을 잊고 벌레 같은 이 고통의 시간을 돌아보며 언젠가 역사적이고 개인적인 이 공허한 시간을 증언할 글을 쓸 것 같은 예감을 갖는다.

이 책에는 이후의 화자의 삶에 대하여 언급함이 없지만, 오빠는 결국 총사고 후유증으로 세상을 떠난다. 친할머니가 아들인 아버지를 먼저 보낸 것처럼 어머니도 아들인 오빠를 먼저 보내고, 작가도 이 책에는 없지만, 서울대 의대 다니던 외아들을 사고로 잃게 된다. 내리내리 유전처럼 이어지는 비통의 시간 속에서 그녀 친구의 다리를 잃은 아들이 부럽다고 쓴 글을 읽고 독자인 내 마음이 쿵 떨어지던 때도 있었다.

악착같이 가지려고 했던 작가 어머니의 자식을 통해 얻으려 했던 욕망은 잘 들려서 희열을 느끼다 고장 난 라디오처럼 삐삐 소리를 내다가 망가져 버렸다. 인생이란 연극의 마지막 장면은 기쁨을 슬픔으로 순식간에 바꾸며 더 이상 주인공을 무대에 세우지 못하는 비극인 것이다.

북한의 핵 보유가 신문에 수없이 보도되어도 상태의 위험성을 거의 느낀 적이 없는 평화로운 나날이었다. 체제유지를 위한 공포정치로 북한 동포들의 자유의 부재, 심각한 경제 상황, 조난자로서 살아가는 탈북민의 남한에서의 애환, 그리고 탈남민들의 고통에 대하여 생각해 본 적도 거의 없었다. 통일에 대한 갈급함과 북한 동포에 대한 안타까움에 앞서 북한에 태어나지 않고 남한에 태어나 대통령도 욕할 수 있고, 인간의 형이하학적인 욕구인 의식주가 풍부하여 나를 찾고자 하는 형이상학적 물음에도 답할 수 있는 이 나라의 안락함과 자유스러움에 감사하는 마음이다. 책을 읽음으로써 조금이나마 북한 동포들과 탈북민에 대한 마음을 내었으니 그들을 위해 내가 낸 세금의 쓰임에도 조금 더 너그러워질 일이다.

공산주의자라 사형당한 숙부와 오발사고로 죽은 오빠가 6·25의 희생물이기도 하지만, 분단국가라는 작은 테두리가 아니라 우주라는 큰 그림에서 우연을 가장한 필연적 비극 속에서 유통기간이 얼마 남지 않은 노년의 나에게 그냥 욕심 없이 베풀고 살라고 말해준다. 물 흐르듯이 그저 순연한 마음으로 살도록 삶은 나에게 가르쳐 준다.

너는 무엇이냐?
모든 것은 손가락 사이로 모래알처럼 빠져나간다.

나의 7요일

<u>월요일</u>

5시 50분, 모닝콜이 울리고 잠이 덜 깬 채로 앞치마를 두르고 싱크대로 향한다. 남편이 출근한 후, 서둘러 집안일을 마치고 팝송 교실로 간다. 10시에 시작하는 팝송 교실은 정원이 50명인데 별로 빠지는 사람도 없어 꽉 찬다.

오늘 부를 노래는 The birds의 turn, turn, turn이다. 구약성경 전도서 3장에 '모든 것은 때가 있어 때가 되면 변한다.'라는 내용이 있는데 그 내용을 그대로 노래로 만든 것이다.

선생님은 이공대를 나왔지만, 음악을 좋아해 대학 다니면서도 미8군에서 노래를 불렀고 대한항공 퇴직 후 팝송 강사로 전직하신 남자 선생님이다. 30분쯤 일찍 와서 꼼꼼히 오늘의 노래를 전자 기타

98 여름이의 여름

로 연습하는 장인 정신과, 일상적인 생각을 깨는 파격적인 사고의 자유로운 영혼을 가진 선생님을 존중한다.

오늘은 학기의 마지막 날로 출석 우수 학생들에게 선생님이 소장한 CD를 주는 날이다. 흥이 많아 "노래 부를 사람?" 하면 1번으로 나와 춤을 추며 노래를 부르는, 63살의 나이에 찢어진 청바지와 인디언 같은 조끼, 요상한 모자를 한 언니가 상을 받으면서 깐깐한 선생님께 농을 건다. CD 표지 사진의 외국 가수를 보며 "오빠, 코 큰 것도 성질 더러운 것도 이 가수 닮았네. 언니는 좋겠네. 오빠가 코가 커서." 선생님도 한마디 하신다. "아그, 남도 생각해. 혼자만 노래 부르지 말고." 교실은 순간 웃음바다로 변한다. 이 언니를 보면 언제나 웃음이 터질 것 같다. 이 언니를 진정한 나의 기쁨조로 임명한다.

노래를 마치고 약주를 좋아하는 선생님과 매운탕 집으로 갔다. 주당인 선생님의 안주는 때때로 사모님이시다. 일찍 퇴직한 선생님과 달리 늦게까지 직장 생활을 하는 사모님과는 많은 불협화음이 있는 것 같다. 레퍼토리는 마냥 같다. "난 모 여대 출신, 교사 출신 여자들이 제일로 싫어." 어쩌나? 초등학교 시절 친구들에게 들은 괴담이 생각난다. 계모가 두 아이를 키우다 언니를 죽였다. 동생이 "엄마, 어제 꿈속에서 누가 언니를 죽인 걸 봤어요." 하니 계모가 피 묻은 손으로 동생의 목을 조르며 "그게 바로 나야." 했던 무시무시한 이야기. 흐흐흐 선생님 그게 바로 나에요.

12시까지 집안일을 하고 특별한 스케줄이 없어 영화를 본다.

「스파이더맨 Ⅱ」 '팍팍' , '탕탕' 스릴 만점의 영화를 보았다. 내재되어 있던 긴장이 해소되어 나의 마음은 이완된 것 같다. 환상적인 만화 영화는 내 마음속 어릴 적 품었던 꿈의 세계를 일깨워주고, 액션 스릴러는 때로 받은 상처를 분출하지 못하여 생긴 공격성과 분노 등을 희석해주는 것 같다.

저녁 식사 후, 2주에 한 번씩 하는 독서 모임에 간다. 1달에 한 번 정도 밖에 못 가지만 책은 읽으려고 애쓰는 편이다. 오늘 책 제목은 『붓다의 치명적 농담』이다.

멤버 중 한 명이 만든 사설 도서관에서 책에 바람이 난(모임 이름이 책바람) 사람들이 직장을 마치고 모여든다. 여기선 이름을 부르지 않고 닉네임을 부른다. 가장 나이 많은 사람은 대안학교 교장인 '이장'이고, 그다음 '여름이', 나다. 오늘도 한의사인 160cm 정도의 단신 '곰치'는 깊고 넓은 지식으로 나를 그의 세계로 깊숙이 데려갔다. 시선을 놓지 않고 귀를 쫑긋하며 벌린 입으로 그의 언어에 몰입한다. 1%의 수재는 과학, 수학, 인문학, 역사, 철학 등에 해박하다. 작은 컴퓨터에 거대한 용량의 데이터가 들어 있는 그의 두뇌를 생각하면서 그를 작은 거인이라 생각한다. 인간이 동물과 다른 점은 도덕성보다 무한대로 펼쳐지는 앎의 세계일지도 모른다. 모르던 것을 알았을 때, 감동을 받거나 깨달았을 때 나오는 다이돌핀은 엔돌핀 200배의 행복감을 준다고 한다. 내가 이해하지 못했던 책의 내용을 명료하게 분석하여 그들만의 새로운 해석으로 나를 지(知)의 세계로 이끄는 그와 다른 멤버들은 나에게 다이돌핀을 선사하는 소중한 사람들이다.

괴짜 내 친구 은승이는 자기는 마음에 간음을 할 수 없으니 교회를 다닐 수 없다고 했다. 나는 육으로 그를 좋아하진 않지만 마음으로 존경한다. 다음 생에 꼭 그런 남자와 결혼하고 싶다. 이것이 마음에 간음은 아니겠지. 영혼에 관한 문제니까.

수요일

말라서 가랑잎이 되어버린 어머니, 나에게 무슨 일이 생기면 이 세상에서 가장 슬퍼할 나의 어머니가 나를 기다리신다. 부지런하셔서 몇 년 전까지 내 김장과 밑반찬 등을 해 주셨던 어머니, 이젠 당신 잡수시는 반찬 하시는 것도 힘에 겨워하신다. 깔끔한 성격에 당신 집에서 번거롭게 어지르는 것을 싫어하셔서 불고기를 재고 시금치도 다듬어 데치고 좋아하는 해파리냉채도 만들어 신촌 엄마 집으로 간다.

평생 화장도 안 하시고 몸뻬만 입고 본인을 위한 시간 없이 돈만 벌고 일만 하시다 현재는 등이 굽어 잘 못 걸으시는, 바스러질 것 같은 엄마를 본다. 비록 그것이 지혜로운 것이 아닐지라도 당신은 못 쓰시고 초등학교 때부터 선생님 촌지며 과외며 시키셨던 기억, 자식들 호강시킨다고 시민회관에서(지금 세종문화회관) 서영춘, 백금녀쇼, 이미자 쇼 등을 보여주셨던 기억. 내 아들을 10년간 키워 주신 은혜. 직장 생활하는 내가 힘들까 몰래 내 집 문을 따고 이불 빨래 등을 다 해놓으시고 반찬을 만들어 수시로 나르셨던 은혜.

이젠 기억력도 많이 떨어지셔서 똑같은 이야기를 300번도 넘게 하신다. 난 항상 처음 듣는 것처럼 "엄마 그랬어?" 하고 놀란 표정을 하고 듣는다. 친구도 없는 엄마의 경험은 한정적이고 금방 한 이야기도 잘 잊으시는데 그런 엄마에게 언어의 방출은 필수적이다. 내가 그 싹을 자르면 엄마는 언어기능을 상실할지도 모른다.

항상 나보다 남동생을 더 생각한다고 엄마에게 서운함이 많았다. 내가 엄마에게 얼마간 안 갔을 때, "우리 경희는 무엇을 할까?" 하면서 울면서 보고 싶어 했던 엄마가 남동생이 삐쳐서 잘 안 다닐 때는 씩씩하셨다. 엄마는 사실 남동생보다 나를 더 의지하고 사랑하신 것 같다. "사랑한다."라고 말해야 하는데, 아버지도 염할 때나 사랑한다고 말했는데 입을 떼기 어렵다. 그저 "귀여운 효원 씨.", "귀여운 엄마." 그 정도다. 엄마도 그 말뜻을 아시는지 매번 깔깔 웃으신다. 힘들어 못 하시는 옥상 및 계단 청소 등등을 도와 드리고 말동무를 해 드리다가 집으로 온다.

목요일

집안일을 마치고 빨리빨리 채비하여 광화문 역으로 향한다. 환승하는 것까지 지하철 2개를 직전에 놓쳐 10분 지각이다.

한 달에 한 번 한국사를 전공한 고등학교 동창이 서울의 문화유적지를 돌면서 설명하여주는 날이다.

오천 년 깊은 역사를 가진 서울은 도시 자체가 박물관 같다.

광화문에선 조금만 걸어가도 궁궐을 많이 볼 수 있다.

오늘은 경복궁에 갔다. 경복궁은 조선 시대 한양에 지은 첫 번째 궁궐이다. 임진왜란으로 전소되었지만, 고종 4년에 중건을 완료한다.

광화문은 임금님이 궐 밖으로 행차할 때 사용하는 경복궁의 정문이다.

근정전, 사정전, 강녕전, 교태전, 자경전, 경회루, 전각들 그리고 10개의 보물 등을 보았다.

일산은 아파트 곳곳이 공원화되어 있는 자연 친화적인 도시라 쾌적하다. 그러나 내가 결혼하기 전까지 살았던 서울은 내 추억과 유서 깊은 왕궐과 문화유적으로 인하여 다시 이사 가고 싶은 충동을 느꼈다. 난 복잡하고 정신없는 서울이 좋다.

금요일

어제 만진 김밥 재료로 남편 석 줄, 아들 여섯 줄, 총 아홉 줄의 김밥을 만다. 내 아침 식사는 김밥 자투리. 설거지를 하고 만든 반찬과 김밥 등을 쇼핑 카트에 싣고 지하철로 1번의 환승을 거쳐 아들의 자취방으로 간다. 생수병이 아무 데나 버려져 있고, 화장실에서 볼일을 보면서도 먹는지 화장실에도 커피잔과 아몬드 통이 있다. 일단 음식을 냉장고에 넣고 쓰레기를 버린 후, 청소 빨래 설거지 등을 한다. 그리고 젖은 빨래를 동네 빨래방에서 말려 정리하는 것이 일의 마무리이다.

IT 계통에 근무하는 아들의 퇴근 시간은 거의 오후 10시에서 11시경. 일산에서 서울 강남까지 출퇴근이 어려워 아들은 혼자 자취를 한다. 토요일 일요일은 아들을 온전히 쉬게 해주고 싶다.

집에 오니 오후 5시 서둘러 남편의 저녁 식사를 준비한다.

토요일

오늘은 남편이 출근하지 않는 날. 토요일 일요일은 남편과 친구가 되어 거의 모든 활동을 같이한다. 그것이 직장이라는 전쟁터에 나가는 친구가 별로 없는 남편에 대한 나의 기본적인 배려다. 그리고 운동을 싫어하는 나의 건강을 위하여 남편은 식사 후 나를 산이나 호수 등으로 반강제로 데리고 간다. 호수공원을 한 바퀴 돈다. 비치는 햇빛으로 반짝이는 호수의 물결, 작은 은빛 모래사장, 버드나무, 각자의 이야기로 바쁘게 걷는 사람들. 색소폰 동호회 사람들의 색소폰 소리, 호수 건너 아득히 보이는 아파트와의 조화는 내 마음속에 잔잔한 물결 같은 한적한 일상의 소소한 행복을 느끼게 해준다.

점심을 먹고 도서관에서 시집도 읽고 독서모임의 책도 읽는다. 지루하면 잡지도 꺼내어 읽는다. 도서관 봉사활동을 하는 어르신이 부부간에 도서관에 오는 것은 첨 본다며 보기 좋다고 하신다.

우리는 도서관에서 유명한 노(老) 커플이다.

아침 식사 후, 북한산에 갔다. 원효봉을 힘들게 넘고 사기 막골로 내려왔다. 사기 막골로 내려오는 길은 거의 다 계곡을 가로질러야 한다. 바위와 나무를 껴안고 흐르는 계곡의 피안의 세계 같은 아름다움을 사랑한다.

아직 5월인데도 연한 아기 초록들이 이제 제법 두껍고 검어졌다. 산그늘에 누우니 바람도 와서 눕고 절의 종소리도 앉았다 간다. 나무 등에 엎어져서 나뭇잎 사이로 살짝 고개를 내민 햇빛이 내 얼굴을 말끄러미 쳐다보고 있다. 계곡물 위로 미끄러지는 바위를 징검다리 삼아 건너니 내 그림자 뒤에 신선의 모습이 보인다.

꽃은 아름다우나 보기에만 좋고 자신의 종자만을 위하여 씨를 남긴다. 벼, 호박, 감자 등은 꽃과 더불어 우리에게 양식을 남긴다. 배고픈 이를 배 불리는 것이다. 나의 성장을 위해 때론 지루한 책도 억지로 읽으며 강의도 듣고 나를 키워 나갔다. 그리고 자식인 나를 위해 많은 것을 희생하신 어머니, 가족을 위해 자신의 모든 노동의 대가인 월급을 통째로 아낌없이 주는 남편, 그리고 내가 묻지 않고 그의 의지와 상관없이 이 땅에 떨어뜨린 무한 책임의 존재인 아들, 그들의 사랑에 대한 본능적 응답으로 나 자신의 많은 생활을 포기하였다. 그러나 피붙이를 위하는 것은 동물도 할 수 있는 일이다. 신(神)성은 수신(修身)이나 제가(齊家)뿐만 아니라 향기가 사회로 널리 퍼지는 것일 것이다. 시간이 없다고 다른 이들에게 도움이 되는 생활을 하지 않는 것이 나 스스로 부끄럽다. 나는 꽃이길 노력했고, 감자나 호박이 되려고 노력하지 않았다. 결국, 태어나서 자기 자신과 자신의 유전자를 공유한 사람들만 위하여 종종거리고 살았을 뿐이다. 계곡 물처럼 끝없이 흘러 마음의 더러움을 없애고자 하나 타고난 심성이 소인배라 그 경계를 넘지 못한다. 작은 일에도 분노를 참지 못하며 어리석기도 하다. 허나, 소는 소의 심성을 갖고 뱀은 뱀의 심성을 갖고 있으니, 태어남이 그리하니 어찌 소와 뱀을 탓하리오. 소도 뱀도 성인도 다 같이 어울려 사는 것이 사는 맛 아닌가?

아에 비네프

보도블록 사이에 끼어 있는 강아지풀이 먼지를
잔뜩 뒤집어쓴 채로 비시시 웃고 있다. 양분을
받지 못하여 키 작은 풀은 살려고 안간힘을
쓰고 있다. 잡초를 보며 나는 15년 전
내 담임 반 학생이었던 혜숙이를 생각해 내었다.

한글도 잘 모르는 아이는 영어 수업 시간에 "I am beautiful."의
발음을 "아에 비네프."라고 영어 문장 밑에 토를 달고 있었다. 그러
한 혜숙이를 아이들은 바보라고 놀렸다. 보통 애들보다 현저하게 작
은 그 아이는 항상 고개 숙인 채 조용하였다. 전 교과를 거의 이해

하지 못하는 애가 하루 6시간의 수업시간 동안 얌전히 앉아 있는 것은 다리 없는 사람이 조깅하는 것처럼 어려운 일이다. 나는 그 아이의 힘든 인내에 가슴 한편이 저려왔다. 놀림 받는 조그만 생명을 위하여 뭔가를 해야만 했다. 학생들에게 혜숙이가 수업시간에 얼마나 조용한지, 청소를 얼마나 잘하는지, 그래서 얼마나 착한 학생인지 설명을 해주었다. 순진한 1학년 학생들은 이후로 그 아이를 해코지하지 않았다.

혜숙인 추석 전날, 길거리 좌판에서 몇 년이 지나도록 팔리지 않아 때가 꼬질꼬질하게 묻은 것 같은 속치마를 나에게 건네주었다.

불우한 가정환경

모자람

왜소함

집에 가 선물 보따리를 풀면서 나는 왠지 순탄치 못하게 풀릴 것 같은 그녀의 운명을 예감하며 마음이 허해졌다. 그 속치마를 사기 위해 먹고 싶은 과자 하나도 만졌다 났다 많이도 망설이며 침만 꿀꺽 삼켰을 아이. 없는 돈을 쪼개어 나에게 뭔가를 주고 싶었던 가난한 사랑이 내 다리에 힘을 빠지게 하고 있었다. 그해 나는 혜숙이의 마음을 깨끗이 빨아 잘 때도 입고 잤다.

삶의 한가운데 들어오지 못하고 언제나 언저리를 떠도는 신이 배려하지 않은 자식들. 잡초인 사람들은 원래부터 잡초라는 것을 인정하고 결코 꽃이 될 수 없는 자신의 운명을 탓하지 않는다. 꽃은 아름다움을 뽐내기 위해 여러 가지 자태와 향기로 뭇 사람들을 현혹하지만, 풀들은 그저 작은 이슬이라도 내려주어 자신의 목숨이 이어지기를 바랄 뿐이다. 누구 하나 풀을 위하여 물 한 모금 주지 않고 누구 하나 보아주지 않지만, 허기와 냉대를 이기며 꿋꿋하게 살아 나간다.

거리에서 우연히 내가 가르친 아이들을 만날 때마다 학교에서 돌아온 내 아들을 보는 것처럼 기쁘고 반갑다. 그런 날은 마치 미친 여자처럼 거리를 걸으면서도 배시시 웃는 것이었다. 이 아이들에게도 삶은 상처를 남길 것이며, 그리하여 어두운 터널도 지날 것이다. 순간의 기쁨 속에 잠시 웃기도 할 것이며, 절망이 그들을 여위게도 할 것이다. 나처럼 세월이 흐른 뒤 한때 꾸었던 많은 꿈이 헛된 것도 알게 될 것이다. 그럼에도 불구하고 한 걸음 한 걸음이 신성에 다가가는 자기성찰의 꾸준한 과정이길 바란다.

20여 년간 내 가슴을 스쳐 갔던
검은 교복의 동그랗고 맑았던 아이들의 모습이
학창시절의 내 모습과 오버랩되자
어디선가 언 땅을 뚫고 흘러나오는
시냇물 소리가 들린다.
풋풋한 기억들이 시린 내 마음에 내려와
사월의 대지에 내리는 비처럼
달콤하게 나를 적시는 것이었다.

비와 풍경

비 올 때 초록은 어찌 저런 냄새를 풍길까?
물거품을 일으키며 물 밖으로 신나게 한 바퀴
헤엄치다 들어가는 물고기처럼 미끄럽고
생생한 냄새. 내 앞에서 성큼성큼 커 버리는
초록들의 키 크는 냄새. 비에 젖은 밭은
초목 냄새, 흙냄새로 내 코를 쿵쿵대게 한다.
내 짧은 빨간 장화, 남편의 긴 파란 장화
빗속에서 찰랑댄다. 밭 한구석에서 남편의
큰 우산이 커다란 새처럼 떠다닌다.

옥수수에도 고추나무에도 가지나무에도 비가 내려 온 세상이 짙고 명료하다.

초록 밭 속에 노란 호박꽃, 맨질맨질 윤기 나는 보라빛 가지, 빨간 토마토도 보인다. 비가 그친 후 빛이 내리쬐면 세수하여 말개진 얼굴의 밭작물들이 부쩍 자라 있을 것이다.

조그만 씨 하나로 크고 둥근 호박이나 장대처럼 우뚝한 옥수수, 화려한 빛깔의 꽃, 생각하는 인간까지 만들어 낸 조물주의 위대하심을 생각나게 한다.

비가 와 아무도 오지 않는 주말농장 툇마루에서 남편과 둘이 후드득 내리긋는 비를 보니 젊은 시절 시골 학교에서 철없이 연애하던 생각이 났다. 막 은퇴한 남편과의 동거는 단조로운 내 일상을 친구가 없는 남편과 보내주기로 더 지루하게 만들었다. 퇴직하여 조금 더 신경 써 줘야 하는데 같이 있는 것이 힘들었다. 빗속에서 남편과 만들어 나갔던 30여 년의 세상살이가 흑백사진처럼 한 장면 한 장면 꿈처럼 나왔다 사라진다. '그래, 이 사람은 어쩌면 전생에서 내가 그렇게 살고 싶어 했던 그 사람인지도 몰라.' 남편이 애틋해졌다.

어린 시절엔 비가 오면 장화를 신고 파여 비가 고인 웅덩이에서 신발을 철벅거리며 놀 곤했다. 비 올 때 아이들은 의외로 많이 나왔다. 나와 같이 흙탕물 튀기는 놀이를 많이 했다. 지렁이도 빗길에 꼬물꼬물거리며 나왔다. 대학 때까지도 비가 오면 왠지 모를 사색에 잠기며 비를 즐기곤 했다.

사느라고 바빴다. 부모의 품을 떠나 내 집을 내가 지어야 하고, 내 먹이뿐만 아니라 내 자식의 먹이도 마련해야 했다. 한 배를 타는 사람이 내 맘 같지 않아 배에서 내리고도 싶었다. 넓고 포장된 길을 걷던 나의 직장 생활과는 달리 능력과 노력에 비해 좁은 비탈길로 내려가는 것 같은 아들을 힘들게 바라보기도 하였다. 비 오는 날은 어둡고 옷은 젖어 차가웠다. 나는 비를 내 놀이에서 지워 버렸다.

이젠 또다시 아이가 된 것인가.
빗속을 걷는 것은 신비롭다.

비가 오는 숲을 걷거나 비가 오는 밭에 서 있으면 생명의 소리가 샘처럼 솟아 들리는 듯하고 과거 속의 어린 계집아이인 내가 현재인 나와 손잡고 만나 둘만이 아는 생의 역사와 마음을 나눈다. 어머니의 딸도 자식의 어머니도 남편의 아내도 아닌 오직 하나의 존재인 자신만의 이야기에 귀 기울인다.

강낭콩 몇 주먹, 고추 열댓 개, 방울 토마토 한 줌, 오이 두 개, 단출한 먹거리를 바가지에 담아 오는 귀갓길. 비가 내리는 밭에서 나와 만나고 자연과 한몸인 나를 깨닫고 잠시나마 마음도 세수하여 깨끗하게 오는 길. 어린 시절처럼 흙 묻은 장화를 웅덩이에 씻으며 왔는데 내 옆에는 어린 친구들이 아니라 초로의 남편이 있다.

비가 그치면 하늘은 파란 얼굴에 하얀 뭉게구름을 품고 있거나 어쩌면 무지개를 놓을 수 있을 것이다. 말갛게 목욕한 작물과 꽃들에게 태양은 웃으며 여름의 빛을 뿌리리.

　그러면 난 집에 있지 않고 하늘거리는 원피스에 분홍색 립스틱을 바르고 어디로 갈까. 멀어 바다를 가지 못한다면 라페스타 거리에라도 나와 태양과 인사하고 거리에 떠도는 젊은이들 구경에 옷 구경도 하면서 커피 한 잔 마셔야지.

　비를 맞아 팽팽해지고 진한 빛을 더하는 작물들을 보니 신선한 우유와 달콤한 빵을 엄마에게 받아먹고 활짝 웃으며 노는 아이들 모습 같다. 조그만 계집아이들 세상모르고 즐겁게 고무줄놀이 하는 모습, 고무줄 끊어 버리는 장난스런 남자아이도 생각난다.

　햇빛이 나면 빗물은 잎사귀에 동그랗게 송글송글 맺혀 반짝이며 아름다운 세상을 노래하리라.

어머니

'어머니' 하면 남들은 이 세상에서 가장 포근하고
애절한 사랑으로 눈물이 그렁그렁하다. 그러나
나의 어머니는 별반 그런 이미지와는 거리가
멀다. 얼음장같이 차갑고 겨자보다
매운 성격에 강한 생활력은 사막에서도
꽃을 피우는 선인장 같은 분이
나의 어머니이시기 때문이다.
강한 어머니는 때론 연민과 존경으로,
때론 두려움과 미움의 대상으로 나에게 비춰졌다.

엄마는 음식점을 하면서 새벽 1시에 자고, 그날 4시에 일어나는 고된 일상 속에서도 우리들에게 집안일을 시키지 않으셨다. 오로지 우리들의 할 일은 공부뿐이었다 그러나 어쩌다 설거지라도 할양이면 조금만 맘에 안 들어도 "이리 내라." 하면서 매섭게 그릇을 **빼앗**아 버린다.

은행을 다니다 놀고 있던 언니에게 한겨울에도 연탄을 때주지 않아 언니는 울면서 입술을 깨물고 학원을 경영해 나름대로 작은 성공을 거두었다. 노는 사람은 밥을 먹을 권리가 없다는 것이다.

암을 앓고 있던 이모가 돌아가셨다는 전화를 받고 잠시 외출한 엄마를 문밖에서 초조하게 기다리는 우리들에게 엄마는 우리들을 보자 "이모 죽었냐?" 하면서 눈 하나 깜박하지 않으셨다. 그러나 조카들에게 거금의 장례비를 내주고 상 치르는 동안 모든 힘든 일을 도맡아 하셨다. 그런 칼 같은 성격은 돈 문제에서도 마찬가지다. 등록금 고지서가 나오면 난 언제나 그다음 날로 냈다. 거의 우리 반에서 1등으로 냈던 것 같다. 그래서 우리 형제들은 평생 집을 사더라도 현금 있는 만큼의 작은 집을 사고 은행 빚을 내 본 적이 없다. 그런 엄마에게 완벽함을 배워나갔으나, 그런 성격은 자신을 스스로 옭아매는 것도 되었던 것 같다. 나는 남에게 웬만해선 부탁을 하지 않는다. 직장 생활을 할 때 내 능력이 못 미쳐 다른 동료에게 부탁하면 너무 미안하여 그 사람이 민망할 정도다. 인생은 서로 주고받는 것인데 난 줄 줄도, 받을 줄도 모른다. 그저 내 일은 '내가', 네 일은 '네가'이다.

경우가 밝고 성격이 대쪽같은 어머니를 친척들과 동네 사람들은 대부분 어려워한다. 이러한 어머니를 이기는 사람들이 있다. 두 아들과 내 아들 승한이다. 딸들에게는 잘 퍼부으시는 어머니는 아들들에게는 꼼짝을 못하신다. 평생 어머니는 "잘했어.", "고마워.", "사랑해."라는 말을 해 본 적이 없다. 심지어 꼼짝 못 하는 두 아들에게조차도 말이다. 그러한 어머니가 2년 전에 우리 아들에게 "사랑한다."라는 편지를 쓰셨다. 그 표현은 아마 너무 흐르고 넘쳐 주체할 수 없는 사랑이 쏟아낸 피 같은 언어였을 것이다. 편지라고 써 본 적이 없는 어머니가 핏덩이부터 10년을 기른 손자에게 늦은 인생의 여정에서 가슴으로 품어낸 고귀한 사랑을, 파도처럼 밀려오는 복받치는 감정을 밀어낸 것이리라. 평생 한 사람에게 처음으로 하고 마지막이 될지도 모르는 그 말은 아직도 내 마음을 아리게 한다.

생활력이 강한 어머니와 무능했던 아버지. 엄마에게 아버지는 부족한 존재로 보였으며, 아버지는 차가운 엄마 때문에 힘들어하셨다. 아버지도 외로웠지만 어머니도 외로우셨을 것이다. 여자로서 존경하지 못하고 사랑하지 않는 남자와 한평생을 살면서 경제적으로도 홀로서기를 하여 무거운 인생의 짐을 홀로 지면서 자식들을 키워낸 어머니. 도둑질을 하면 한 몇 달 감옥에서 지내면 되지만 한번 잘못 엮인 인연은 형벌처럼, 창살 없는 감옥처럼 부부를 옭아맨다. 내 나이에도 이혼이 어려운데 그 시대에 이혼은 본인과 자식들을 사회적으로 천하게 만드는 것이라 생각했을 것이다.

현재 자식들은 제 위치에서 크게 어려움 없이 살고 있고 엄마도 큰 병 없이 잘 지내고 계신다. 그러나 젊은 시절부터 따라 다니던 외로움이 자식들이 다 떠난 빈 둥지를 지키면서 더 큰 자리로 그녀 곁을 맴돌고 있다. 자식들은 속을 썩이지 않았지만, 엄마의 여자로서의 행복은 거의 없었다는 것, 이 점이 엄마를 생각할 때 가장 아픈 부분이다.

부모는 열 자식을 지키지만 열 자식은 한 부모를 못 지킨다고 했던가? 어머니는 어려운 시절, 아녀자의 몸으로 자식들을 대학까지 공부시켰고, 당신은 평생 화장도 안 하시며 몸뻬 차림으로 살면서 딸들을 비싼 이대 입구 양장점에서 옷을 맞추어주셨으며, 시민회관(현재 세종문화회관)에서 서영춘, 백금녀쇼, 이미자쇼 등도 보여주셨다. 어머니는 4남매를 그 당시 거금을 들여 구경시켜 줬건만 난 어머니에게 이미자쇼 하나 보여드린 적이 없다.

모든 도덕의 근본은 효이거늘, 나는 요새 때때로 효에서 멀어지고 싶다. 가족 하면 내 남편과 아들만 가족 같고, 일주일에 한 번씩 엄마가 사는 신촌에 가서 엄마랑 밥 한 끼 먹기가 귀찮은 적도 있다. 사실 강한 엄마의 성격에 눌려서 때때로 플라타너스 그늘 같은 쉼이 필요한 내가 오히려 상처를 받은 적이 많아서인지도 모른다. 엄마는 가족이 아닌 주변인이 되어 버린 것이다. 기실 사랑보다는 책임감이 더 많은 마음이 최근 내가 엄마에게 느끼는 감정이다. 옛날이면 나도 손주 볼 나이고, 내 인생도 어찌 흘러갈지 후반부로 향하여 질주하는데 나만을 위해 살아도 짧은 인생, 가면 때때로 내 마음을 공격하는 엄마와 시간을 보내느니 그 시간에 영화를 보거나 친구를 만나 유쾌한 얘기를 하는 것이 좋다. 그래도 때가 되면 어김없이 신촌에 간다. 강아지 두 마리와 엄마가 유리창을 열고 내가 오는지 계속 기다릴 것을 생각하면 안 갈 수가 없기 때문이다.

사는 동안 영원히 부모로부터 자유로울 수
없을 것이다. 부모는 내 생명의 근본이고,
나는 그분들 희생의 산물이며,

내 아련한 기억의 고향이기 때문이다.

내 어머니가 추억이 된다면,

아버지가 돌아가신 후 헤맸던 텅 비어버린

거리보다 더 큰 아픔으로 거리를 헤맬 것이다.

그때 난 비로소 나이 먹은 고아가 되는 것이다.

그리고 내 인생에서 가장 큰 별이 사라지는

허황함을 맛볼 것이다.

4장

영등포

그 거리는 비가 내리지 않아도 언제나 음산하다.
도로엔 퀭한 눈으로 버스를 기다리는 사람들과
싸구려 물건을 파는 잡상인들이 즐비해 있다.
골목 골목마다 삶의 타래들이 쭈그러져
얽혀 있는 듯 허름한 상가들이 세월의
잔해들을 내뿜으며 그곳에 서 있다.

지하상가에는 3, 4만 원이면 온몸을 새것으로 치장할 수 있는 물건들이 널려있다. 천 원짜리 머리핀에서 만 원짜리 바지, 3천 원짜리 티셔츠, 만 원짜리 구두까지. 영등포에 가면 웬만한 사람들은 다 부자가 된다.

1호선이 지나가는 지하철 개찰구 한구석에는 며칠이 지나도 쉬지 않는 방부제를 잔뜩 넣은 떡과 천오백 원짜리 김밥이 새벽을 가르며 나온 가벼운 주머니의 배고픈 이들의 아침을 맞이한다. 그 옆에 롯데백화점 지하 입구가 있고, 조금 더 걸어가다 보면 신세계 백화점도 있다. 여의도와 목동에서 넘어온 약간 부자인 이들은 백화점을 이용하기는 하나, 쇼핑한 물건을 가지고 지하철을 타거나 버스를 기다리진 않는다. 밤이 되면 신과의 최초 탄생의 약속처럼 아무것도 갖고 있지 않은 노숙자들이 기차역을 서서히 점유하기 시작한다.

밤이 지나고 새벽이 와도 영등포는 어둠에 잠겨 있다. 그 어둠은 아마도 서해에서 흘러오는 것일 것이다. 영등포에서는 서해 바다의 거무튀튀한 바람이 불고 비린내와 짠 내로 잡탕이 된 새우젓 냄새가 난다. 검게 그을린 뱃사나이의 짙은 체액 냄새도 나는 곳.

이 거리의 밤은 허기로 가득 찬 욕망들이 팔딱거리며 불나비가 되어 불 속으로 화하여 가고, 땀 속에 맺히지 못한 남루한 대낮의 노동이 막걸리 한 잔, 감자탕 한 그릇으로 소멸되어 간다. 스멀스멀 그들을 잠식해가는 깨어지고 부서진 삶들, 꿈은 없고 현실과 관능만이 혼재되어 있는 곳.

백화점을 배회하는 허영 있는 여자들과, 짐짝처럼 밀려오는 하루살이의 고단함을 간직한 수고로운 이들과, 가까스로 그들의 목숨을 부지하는 버려진 이들이 같은 장소에서 다른 동선으로 움직이며 영등포를 장식하고 있다.

서울역과 더불어 1호선 전철과 거의 모든 국내의 기차가 정차하는 곳. 좁은 역사에선 사람들이 모여졌다 흩어지며 각자 자신의 길로 떠난다. 지금 사는 곳은 아니나 그들에게 생명을 부여하고 젖을 주어 길러낸 고향이라는 곳으로 가거나 세상이 잠깐 소유를 허용한 집이라는 곳으로 떠날 것이다.

오늘도 영등포에서는 낯선 이들이 기차로, 전철로, 버스로 그들의 몸을 부대끼며 구겨 넣고 어딘가로 가고 있다.

각자 다른 여정에 다른 모습으로
떨어져 나갈 이방인들.

그러나 사람들은 똑같이 그들만의 생각의 감옥에 갇혀 오늘도 외롭게 방황할 것이다. 그들을 외롭게 하는 그 많은 생각들은 무엇일까? 그 많은 이들은 과연 어디로 사라졌을까? 몸과 마음이 들꽃처럼 흩날리는 거리, 가난한 영혼들을 서해로 보내는 축축한 거리, 영등포에서 여름이 지나지 않았으나 가을을 알리는 매미 소리가 봄에도 들린다.

영남이 언니

지금 생각해 보면 어린 시절은 파스텔톤의
도화지에 노랑 꽃잎이 점점이 박혀있는
세계였던 것 같다. 풍선처럼 부풀었던 미래의
어른이 될 나에 대한 상상의 세계는 고운
빛깔로 조색되어 어린 가슴에
무지개를 그리고 있었다.

신촌 로터리와 이대 입구의 중간인 신촌역전 건너편에 살았던 나
는 역 앞 시장과 집 앞의 많은 상점들과 거리의 상인들을 보며, 자연
이 주는 날것의 순박함 대신 과학문물의 산물인 빌딩과 네온사인의

환함 속에서 그리고 수많은 사람들의 복잡함 속에서 자랐다.

어느 곳에서 어떻게 자랐든 간에 유년시절은 거의 모든 사람들에게 인생에서 유일하게 놀이에 몰두할 수 있고, 정신의 휴지를 가질 수 있는 시기임엔 틀림없는 것 같다.

그러나 그 시절에도 나에게 근심은 있었다. 나보다 3살이 많은 영님이라는 언니, 동네 짱이라는 산을 어찌 넘는가 하는 것이다. 그 언니는 엄마가 돌아가시고 계모 밑에서 자라고 있었다. 학교도 다니지 않고 온 동네 아이들을 가끔 패면서 돈도 뺏고, 동네 아이들의 선두에서 막강한 카리스마를 내뿜었다. 나 또한 그 언니에게 잘못 보이면 동네 왕따가 될 판이었다.

어느 날 언니는 나에게 힘겨운 제안을 해왔다. 신촌 역전 시장 안에 어떤 물건인지, 물건은 생각나지 않지만 지금의 화폐가치로 보면 약 2천 원에서 5천 원 정도 되는 물건을 훔쳐 오라는 것이었다. 아니면 그 물건 살 돈을 내놓으라는 것이었다. 우리들 사회의 미묘한 식은 땀 나는 긴장을 차마 엄마에게 말 할 수도 없고, 돈도 없는 나는 몇 날 며칠을 초죽음이 되어 고민하다가 거사를 치르기로 결심하였다.

때는 8월, 한여름의 끓는 열기는 사카린을 넣은 초록, 빨강의 무당 같은 빙수 속에서 녹아나고 있었다. 내 여린 마음도 두려움 속에서 무당 같은 신기를 보여주었다. 주인아줌마가 잠깐 한눈을 파는 사이에 물건을 집어 영님이 언니에게 주었다. 그 물건이 영님이 언니에겐 꼭 필요했던 모양이었다.

벌레도 건드리면 죽은 척 살기 위해 몸부림치는데 새 나라의 어린이인 나도 살아남기 위해 교훈인 정직 따윈 까맣게 잊고 있었다. 생존을 위해

약자가 강자에게 배를 내보이는 비굴함이 그때 처음 나의 내면에서 외부적인 사건으로 표출된 역사적인 날이었다. 그리고 적자생존의 법칙에서 누군가에게 지는 존재가 되지 않기 위해 열심히 공부했던 날들, 동전의 앞뒷면처럼 나의 학생 시절은 순수한 감성과 투철한 경쟁의 역사였다.

부리를 뾰족하게 내밀고 뒤뚱뒤뚱 엄마 닭을 쫓아다니면서 병아리처럼 먹이를 받아먹었던 시절, 그 시절은 인간이기에 너무 길었다. 학생이라는 명분 아래 23살까지 지속되었다. 24살부턴 내 먹이를 내가 찾아 먹었고, 결혼 후엔 먹이를 찾아 새끼에게 먹여주었다. 이젠 새끼가 독립하여 새로운 둥지로 갈 나이가 되었다. 많은 것들이 흘러갔다. 내 둥지엔 지나간 세월의 흔적들이 가득하다. 미래보다는 과거에 연연하게 된다. 때때로 스산한 바람이 회오리처럼 온 가슴을 헤집고 지나간다.

아! 나는 가을에 들어와 있다. 가을은 무더웠던 여름의 열기로 열매를 맺는다. 그리하여 가을은 여름을 그리워한다. 그리고 막 생명을 밀어내던 봄날의 풋풋함도 아프게 그립다. 친구들과 재미있게 놀고 학교에서 새로운 공부를 많이 하고 뿌듯하게 집에 오면 엄마가 밥을 해놓고 깨끗한 새 옷을 준비해 주었던 그 시절이 그립다. 어머니의 날개 품에 푹 안겨 비바람을 맞지 않았던 그 시절. 사라진 모든 것들이, 유년의 기억이, 플라타너스의 초록이, 햇빛 속에 이글거리던 젊음이, 다시 오지 못할 것들이 그립다.

처음이자 마지막으로 남의 것을 탐하였던
부끄러운 기억조차 사무치게 그립다.

말은 떠돈다

옆집 여자는 내가 나오는 문소리를 노리다가
문소리와 동시에 문을 열고 나온다.
주로 자신이 왜 화가 났는지 말하고
나에게 공감을 요구하는 일이다.

정신과 의사의 역할이 거의 환자의 분노를 들어주는 일이니 옆집 여자는 나에게 몇천만 원의 빚을 진 셈이다.

경찰로 퇴직한 남편의 흰머리가 왜 이리 많은지 수시로 집 밖으로 들리는 여자와 남편의 잦은 싸움이 누구의 잘못인지 짐작 간다. 이런 소리를 귀 따갑게 들어야 하는 이유는 내가 소심하고 옆집이고 사이 나쁘게 지내기 싫기 때문이다.

이치에 맞지 않는 자기중심적인 말들은 귓속에서 웅웅거리고, 나는 심한 피로감을 느끼다 근래 시간이 없다며 공짜 상담료에 선을 긋고 있는 중이다.

이런 대화는 내 영혼에 대한 폭행이다. 그녀의 말들은 땅으로 꺼져 어둠의 신의 먹이가 되는 것 같다.

때때로 여자들이 남자들보다 합리적이지 않는 어거지를 쓰며 마치 그것이 맞는 것처럼 억지 논리를 펼친다. 무엇이 맞는지 틀리는지 판단을 못 하고 자신에게 유리한 불합리한 것을 합리적인 것이라고 우기며 아니라고 말하면 화를 내는 경우를 보일 때가 있다. 남편에게 하듯이 강짜를 부린다.

직장 생활을 하며 인간관계의 시련을 견뎌 자신의 객관화가 이루어지지 않은 까닭인 것 같다.

좀 지루하지만 아름다운 말만 하는 여자도 있다.

이혼녀인 ○○는 월셋방에 살면서도 돈보다 자신의 자유와 예술을 사랑해 사귀면 돈을 주겠다는 남자들의 유혹을 뿌리치고 식당 설거지를 하며 어렵게 산다.

그녀는 학교에선 배움이 없이 살았지만 혼자서 철학 공부, 시 공부 등을 열심히 하고, 세상적인 것에는 관심이 없어 만나면 철학, 시 등만 말한다. 어렵게 살아도 남을 탓하거나 자신의 처지를 탓하지도 않고, 남의 것에 대한 욕심도 내지 않는다. 때때로 세상적인 것을 말하고 싶은 나의 입을 닫게 하고 약간의 지루함도 느끼지만, 한편의 예술 작품 같은 그녀의 입을 존중한다.

세상엔 많은 말들이 떠돈다. 그 말 중 80%는 남에 대한 험담, 자신의 슬픔에 대한 토로인 것 같다.

대부분의 사람들은 남들의 슬픔은 듣지 않고 자신의 슬픔만 이야기하려고 한다.

그것을 깨달은 요즈음, 나는 세상을 떠도는 말들이 싫어졌다.

내 감정들도 세상 밖으로 나가면 안 되고 나 자신 속에 영원히 갇혀 있어야 한다는 생각이 들었다.

평행선을 긋는 나와 남들의 사적인 교류가 무의미하다고 느껴지며 가을 하늘, 잘 크는 배추 잎사귀에 나의 정을 실어본다.

인간은 위대하나 아름답지 못하고 자연은
계절 따라 생성과 소멸의 법칙을 보여주면서
나에게 세상의 아름다움과 위안을 준다.

단순함에 대하여

아파트 앞의 큰 나무는 잎사귀를 모두
떨궈버리고, 숲속의 비바람을 맞이하고 있다.
이맘때면 마른 풀꽃과 하늘을 벗 삼아
누워계신 아버지의 제사가 돌아온다.
아버지의 장례는 고단함이 소멸한
생명을 축하하듯 축제의 한 장이 되어
꽃상여의 화려한 의식 속에 치러졌다.

한 사람의 평생은 어떤 누구와도 동일하지 않은 체험과 사고로 극
도의 다양성을 지닌다. 그러나 인간에 대한 평가는 죽음으로 가장

간결함을 이룬다. 신문 부고란에는 이렇게 쓰여 있다. "그는 몇 살을 일기로 타계하였다. 그는 과거에 어떤 일을 했으며, 슬하에 몇남몇녀가 남아 있다."라고. 아무도 고인이 젊은 시절 첫눈에 반한 여자와 봄날의 공원을 걸을 때 가슴에 햇빛이 얼마나 부서지게 비추었는지, 사랑하는 여자가 떠난 뒤 겨울 칼바람 속에서 얼마나 울어댔는지, 그의 성공 뒤 마음 한구석이 억척스런 욕망의 허무함에 얼마나 무너져 내렸는지를 이야기하는 사람들은 없다. 중요한 것은 마음자리, 그의 가슴을 채웠던 아픔과 행복인데, 우리는 그가 버리고 떠난 외형적인 것만 소중히 여긴다. 외형적인 것은 요약되어 우리들에게 간단명료하게 전해진다. 타자의 인생은 다른 사람에게는 한낱 관심 없는 뉴스의 한 조각일 뿐이며 짧다. "걔가 죽었대.", "걔 대학에 떨어졌어." 우리는 이렇게 말한다.

　세상일은 복잡한 것 같지만 지극히 간단하다. 세상은 수학적으로 모두 부분 집합화할 수 있으며, 가벼운 연산으로부터 무거운 방정식으로 이루어져 있다. 공식에 대입하여 풀 수 있다. 부자는 행복하다. 권력을 가진 자는 행복하다. 단, 예외 없는 법칙은 없다. 가끔 부자와 권력을 가진 자가 자살함으로 이 법칙은 예외를 가진다. 아니 이것은 예외가 아니라 지극히 세밀한 무한대의 방정식일지 모른다. 서서히 조여오는 권력의 횡포와 사회여론이 복잡한 계산을 일으켜 한 사람을 파국으로 이끌어가는 당연한 결말이다.

　결혼 시장도 학벌, 직업, 외모, 부모님의 배경 등을 단순, 표식화한다. A급 남자는 A급 여자와, C급 남자는 C급 여자와 맞선을 보게 한다. A급이 되려고 밤새워 공부하고, 헬스에서 살을 빼고, 트릭을 써서라도 돈도 모은다. 그러나 세상은 절대평가가 아니다. 상대평가다. 암만 열심히 해도 입사 시험엔 정해진 인원만 합격하고, 촌 부자는 강남에선 거지가 된다. 시지프스는 신의 명령을 받아 매일 산꼭대기에서 바위를 위로 올린다. 그러나 언제나 바위는 그 자체의 무게로 말미암아 내려온다. 신의 형벌은 무익하고 희망 없는 일을 반복하는 것이라고 까뮈는 말하고 있다. 노력해도 언제나 바위를 올리지 못하는 상대적인 열악함에 놓인 사람들은, 그것이 신의 계산속에 이미 셈 되어 있는 한계 상황임을 모른다.

우리는 타인의 시선 앞에선 단순하고 노력과
상관없이 상대적이다. 그래서 이 단순함이
외롭고, 단순한 세상에서 상대적으로
인정받고 싶어 하는 내 마음이 외롭다.
세상을 떠도는 모든 마음은
오직 나 자신만의 소유라 외롭다.
세상이 외롭다.

밤이 사라지네

어린 시절, 밤하늘의 별이 떠오르면
나는 마치 버림받은 옥황상제의 딸 같은
환상에 사로잡히곤 했다.
인간인 내 친구와 차별되는 나는
슬픔을 안은 고귀한 공주로서 존재한다.
이렇게 밤은 나에게 동화 같은
꿈과 아늑함을 주었다.
유년 시절은 유일하게 밤을 밤으로서만
즐길 수 있는 축복의 날들이었다.

낮은 그의 빛이 요구하는 수고로움에 충실하였으며, 낯선 사람들은 서로 마주치고 경계하며 생존의 아슬아슬한 줄타기를 한다. 낮의 거리에서 칼날을 세우던 사람들은 밤이 되어 지친 몸과 마음을 뉘여야 할 것이다.

원시시대에는 날이 밝으면 일하고 컴컴해지면 휴식을 취했다. 그것이 세계를 창조한 신의 섭리이다. 일을 더 해서, 더 많이 벌어서 행복한 것은 아닌데 과학의 발달로 밤도 환하게 되었고, 인간은 점점 더 밤에도 낮의 예민함으로 빠져들고 있다.

도시의 밤은 네온사인으로 반짝인다. 사람들은 늘어난 낮으로 늦게까지 일을 하며 그들의 밤 속으로 들어가지 못한다. 도시는 휴식을 잃었다. 가끔 취객들은 그들의 안식처로 돌아가지 못하고 거리를 방황한다. 그들에겐 직장도 가정도 그들의 밤 속에 속하지 않았을지 모른다. 그래서 때때로 도시인들은 칠흑같이 검은 밤을 간직한 시골로 돌아가 그들을 온전히 눕히고자 한다. 그들은 고달픈 낮의 일상과 사람들로 상처받은 마음을 완전한 어둠 속에 덮고 싶었을 것이다.

오늘도 어김없이 밤은 찾아들고, 달은 부끄럽고 부드러운 빛으로 나를 감싸주고 있다. 별들도 전설 속의 아름다운 이야기를 간직한 채 쏟아지고 있다. 어쨌든 부산했던 한낮의 여정을 끝내고 휴식의 세계로 떠나야겠다.

가난한 당신

오늘도 또 모르는 번호로 전화가 걸려온다. 십중팔구는 스마트폰을 무료로 바꿔준다거나 고객님은 카드사 우수 고객이라 혜택 많은 보험을 저렴하게 들어 준다는 전화다. '내가 카드대금을 한 번도 연체하지 않은 VIP 고객인지 어찌 아는가?' 내 정보가 카드사나 보험사에 유출되었다는 소리다.

내 생활을 남이 디자인하여 '예'인지,
'아니다'인지 친절한 감언이설로 선택하라 한다.
뻥튀기된 혜택설명은 덤이다.

먹을 것이나 입을 것처럼 지금 당장 쓰지 않으면 생명유지와 체면

유지에 꼭 필요한 것이 아니면서 필요할지 안 필요할지 모르는, 보이지 않는 미래에 투자하는 것이 보험이다. 내가 그 상품을 선택하는 순간, 내 자산은 다달이 내 통장에서 빠져나가고 내 보험료의 많은 부분이 보험회사 직원 수임료, 보험회사 수입으로 흘러들어 갈 것이다. 차라리 그 돈을 저축하여 아프면 병원비를 낼 일이다.

난 지출의 효용성을 많이 따지는 사람이다. 물건이 집안에 넘쳐나는 데도 계속 소비를 하는 사람도 있는가 하면 꼭 필요한 것만 사용의 플러스 마이너스를 계산하여 쓰는 나 같은 사람도 있다.

이따금 감정의 회오리에 낭만이라는 이름을 붙여 불필요한 소비에 기분전환을 하는 것이 좋아 보인다. 남에게 통 크게 베풀어 우쭐하고 싶기도 하지만 크게 소비하지 못하고 작은 베풂만 있는 내가 어리석다는 생각도 한다. 통장은 어느 정도 두께를 가지게 되었지만, 소비의 즐거움을 못 느끼는 나는 메말라 보인다.

칠십을 바라보는 나이가 되었다.

아직도 가난한 나의 소비는 바뀌지 않았으나 '육신의 소멸이 얼마 남지 않았다.'라는 생각과 '황금을 저세상에 가지고 가는 사람은 없다.'라는 생각이 나를 멈칫하게 만든다. '적당히 소비하고 적절히 베풀면서 살아야 한다.'라고 맘먹는다.

예전엔 그저 유형이나 무형의 상품을 파는 사람의 트릭에 놀아나지 않는 것이 현명하다고 생각하였다. 그러나 내가 속아주고 팔아줌으로써 그 가족들이 먹고산다면 나 또한 어느 누구에겐가 덕을 쌓는 것이라는 생각을 하여 요사이는 필요치 않은 것도 종종 눈을 감고 사줄 때도 있고 청첩이 오지 않는 먼 지인의 결혼식도 비싼 밥

한 끼 먹는다고 생각하고 간다.

적당한 소비는 경제를 돌게 하면서 다수의 국민을 윤택하게 하는 좋은 이면도 갖고 있다. 그러나 처지에 맞지 않는 과소비는 가족들을 막다른 골목으로 몰며, 나태하여 가난해진 사람들을 위한 과도한 복지는 아껴 살면서 힘들게 세금을 내는 국민과 국가의 재정을 좀 먹는다.

태어날 때부터 몸이 좋지 못하거나 열심히 일하여도 못사는 사람들에게 국가의 복지는 너무나 당연하다. 그러나 일하지 않고 소비만하여 몰락한 파렴치한 사람들에게 내 노동의 대가인 세금을 주고 싶진 않다.

국가는 부의 재분배를 위하여 노력한다. 신께서도 하는 일마다 행운이 따르는 사람의 경제적 능력을 주위의 사람들을 보살피라고 주신 것일 것이다. 거대한 큰 빵을 혼자 먹으라고 주신 능력은 아닐 것이다.

그러나 재산을 자식에게 다 배분하고 기초연금을 타는 노인, 재산을 다른 사람 명의로 돌려 기초생활 수급자가 된 사람 등 세금만 빼먹는 사람들이 내 주위에도 많아 세금 구멍이 크다. 기초연금 못 타면 바보라는 노인들 세계의 불문율도 있다.

소유는 소비를 위하여 필요한 것인데, 소유 그 자체가 목적이 되었다. 쓰지 않고 저축만 하다 죽는다면 그 돈은 그 사람의 돈이 아니며, 후손들의 돈이다. 이 세상에서 자기가 쓴 돈만 자신의 돈이다. 나는 내 돈이 없는 가난한 사람이었다.

내세가 있다면 선을 행하여야 하나님의 나라
에 갈 수 있거나 불교에서 말하는 극락세계에
들어갈 수 있을 텐데, 인간의 지(知)의 세계는
위대하고 소수의 절대적 선인들은 많은 생명을
구하고 자비를 베푸나 인간 세상의 보편적
선(善)의 단계는 개보다도 못한 것 같다. 인간은
이념의 대립, 과도한 욕망, 단순한 게임,
명예 욕구 등으로 피를 흘리며 싸우나 개들은
자신의 생존을 위한 밥을 위해서만 싸운다.

오늘도 신데렐라를 꿈꾼다

TV에서 이혼한 가난한 여자를 잘 생긴 재벌집 총각이 갖은 이벤트와 갖은 선물로 구애하는 장면이 등장한다. 이런 드라마가 인기가 있는 것은 여성이 자신의 몸을 자산으로 삼아 명예와 돈이 있는 남자와 결혼할 수 있다는 여성 신체의 상품화 같은 생각이 깔려있기 때문이다. 본인은 충분히 그럴 외모와 매력을 갖췄다는 비현실적인 착각과 환상도 이런 드라마를 보며 현실화하려는 생각을 만든다.

어릴 적 동화책에서 본 신데렐라 시리즈보다 더한 이야기들이다. 신데렐라는 초혼이지만 요새 드라마에서 나오는 여자들의 80% 정도는 이혼녀들이다

예전엔 상상도 못 할 휴대폰, 핵무기, 복제 동물 등으로 과학은 나날이 발전하지만, 신데렐라 이야기는 더 보태어져 여자들의 그릇된 욕망을 자극한다.

이런 신데렐라 스토리는 남존여비의 오랜 관습에서 출발했다고 본

다. 과거에는 교육도 남자만 시켰고, 재산도 아들에게만 상속을 많이 하였다. 자연히 대부분 여자들은 돈을 벌 능력도 없고 물려받을 재산도 없으니 능력 있고 돈 많은 남자를 찾는 것이 자신의 능력이라는 생각을 갖게 된 것 같다. 어찌 보면 무지하고 알량한 우리 선조들 탓이다. 의사는 힘들게 공부하고 부모가 힘들게 뒷바라지하며 많은 환자를 돌보며 의사라는 사회적 위치에 놓이지만, 의사의 아내는 결혼함으로 손쉽게 이런 수고로움이 없이 의사와 동등한 사회적 위치, 그리고 의사로서 근무한 경제적 대가를 자신의 것으로 취하게 된다.

능력 있는 왕자하고 결혼하지 못한 여자들은 공주가 되지 못한다. 공주가 되지 못한 여자들은 머슴인 남편과 TV의 왕자와 비교하며 한숨을 쉰다.

서로 사랑하여 결혼해야 하는데 능력 있는,
이용 가치가 높은 남자를 택하는 결혼 시장은
생존경쟁에서 살아남아야 하는
먹이 사슬을 연상케 하여 씁쓰름하다.

본인의 능력의 8할은 외모라며 성형외과나 피부과에 붐비는 여성들, 그리고 마음이나 능력보다 여자를 외모로 평가하는 많은 남자들. 여성과 남성이 결혼 시장에서 서로 다른 관점에서 매기는 과거부터 상존해온 등급점수의 차이가 보인다.

높낮이로 인간을 평가하는 인간의 사물화에서
염증을 느끼나 의식주를 떠나 더 높은 소비의
꼭대기에 있으면 좋겠다는 내 마음속 한구석
세속적인 욕망을 버릴 수 없으니 이 또한 모순이다.
나도 신데렐라 콤플렉스 환자인 것이다.

또다시 오는 봄

봄이 보였다. 먼지가 긴 사선을 그리며
한옥집 창호지 문틈 사이로 뽀얗게
모습을 드러낼 때, 겨우내 듣지 못했던
엿장수의 가위 소리가
요란해질 때, 툇마루에 해의 그림자가
드리울 때. 추워서 나오지 않았던
툇마루에서 햇빛에 눈을 찡그리며
새 학년이 시작됨을 실감하였다.

포장되지 않은 동네 길은 녹은 눈으로 질퍽하다. 저 멀리 산등성에는 아직 흰 눈이 마른 나뭇가지에 꽃처럼 달려 긴 겨울의 잔재가 남아 있다. 겨울은 흔적을 여기저기 남기며 떠났다.

봄의 색은 무엇일까?

어릴 적 학교 앞에서 팔던 노랑 병아리, 담마다 피었던 개나리로 인하여 나는 노란색에서 봄을 느낀다. 가장 먼저 피는 매화와 연인들의 사랑을 연상시키는 핑크빛을 봄의 색이라 느끼는 사람도 많이 있을 것이다.

봄은 움트는 소리로 시끄럽다. 얼음을 깨고 흘러 내리는 계곡의 물소리, 말라빠진 나뭇가지에 통통하게 살 오르는 소리, 놀이터 아이들 소리 등으로 부산하다.

거리는 산수유, 매화를 시작으로 벚꽃으로, 조팝나무로 꽃이 피기 시작한다.

봄의 기억을 잊지 않았다. 젖먹이 아기 엄마 같았던 담임 선생님의 포근한 웃음, 철없는 친구들 무리 그리고 그들과의 즐거운 유희, 어지러운 듯 감미로운 꽃향기, 정오의 따뜻한 햇빛, 삶은 달걀을 까 주던 젊은 어머니. 따뜻하고 평화롭던 기억들.

낡은 몸이지만 마음은
싱그러운 물을 퍼 올린다.
반짝이며 내미는 새순 같다.

지구의 공전에 따라 계절이 만들어지고 자전에 따라 낮과 밤이 만들어진다는데, 봄과 새벽은 같았다. 그것들은 어둠 속에서 빛을 퍼올린다. 뒤엉키는 세상사 가운데 시작과 끝은 규칙적으로 반복되어 봄이 오고, 그 기운에 의하여 말라 버린 마음에 설렘과 다시 살아나는 생명의 희구도 생기니 빛의 변화에 따라 마음의 변화를 겪는 나는 모든 생물체처럼 빛의 의존자이다.

우리 은하계의 중심인 태양이 태어나게 한 생물체에 대한 은총이다. 빛은 와서 냇가에도 물의 싹을 돋게 하고 내 신발을 질퍽하게 하고 길가 벤치에 사람들을 앉게 한다.

나도 물이 올라 마른 가지 한쪽에 작은 녹색 잎을 내미는 것 같아.

노란색 블라우스를 입고 꽃이나 되어 볼까?

나는 잔디밭에서 개나리와 같이 꽃이 되었다.

길을 묻다

태어난 지 얼마 안 된 아기가 자면서
어떤 달콤한 꿈을 꾸는지 이가 없어 입술만을
움직이며 히죽히죽 웃고 있다. 자전거를
몰고 가는 백발의 할아버지, 이가 다 빠진 채로
합죽 웃음을 웃고 있다. 두 장면이 내 머릿속에
비슷한 영상으로 클로즈업*close up*된다.

기억력이 거의 떨어진 팔십 대의 할아버지, 많은 것을 잊어 청소기
가 뭐 하는 것인지 아리송하게 쳐다본다. 세포의 과학적 결합인지,
바람이 데려온 것인지, 인간의 사랑의 힘인지 아기는 탄생하고 아무

런 기억을 갖지 못한 채 새로운 환경 속에서 앎을 습득해 간다.

둘 다 이가 없고 둘 다 인지능력이 없는 것이 같아 할아버지가 죽어 아기로 태어나는 불교의 윤회설이 나에게 설득력을 가진다. 아기가 할아버지가 되고, 할아버지가 아기가 되고, 낡은 몸을 버리고, 새로운 몸으로 탄생하는 자연의 순환은 반복된다.

모든 철학과 종교의 시발점은 인간의 유한성에서 출발된다고 한다. 무(無)에서 유(有)가 되었다가 또다시 유(有)에서 무(無)로 돌아가려는 나는 무엇인가?

어디로 가는지 갈 길은 모두에게 정해진 길이지만 이 세상 모든 존재들이 하나도 똑같은 길을 가지는 않았을 것이다.

길을 묻고 길을 가기 위해 책을 읽고 글을 쓴다.

모르는 것을 알게 되는 다이돌핀은 엔돌핀 200배의 기쁨을 준다 한다.

불행히도 황반 이상으로 사물이 흐리고, 크게 보이고, 비문이 많은 오른쪽 눈과 정상적인 왼쪽 눈과의 균형이 맞지 않아 책을 보면 몰입이 안 되고 이해도가 떨어져 독서를 아주 조금씩만 인내를 가지고 하게 되었다. 회전근개도 끊어져 그 통증으로 일상생활의 어려움과 더불어 집중력도 떨어진다. 정신을 담는 그릇인 몸이 깨어지고 금가면 정신도 제 역할을 잘 못 하는 것이다.

나의 정신을 지키려면 몸도 지켜야 한다는 생각이 든 요즘이다.

글을 쓰는 것은 나 자신을 3인칭으로 객관화하여 타인인 나를 보게 한다. 그리고 내 생을 우주적 관점에서 몇 개의 포인트로 단순화하여 역사적인 관점에서 보게 된다. 내 생의 오류를 발견하고 생명체로서 할 수밖에 없었던 여러 상황을 규정하고 이해하여 길을 가르쳐 주고, 상처를 어루만져 주는 데 도움이 되었다.

다음 생에도 내가 동물로 태어나지 않고 사람으로 태어나려면 열심히 공부함과 더불어 열심히 일하며 착하게 사는 길이다.

나도 잘살고 남도 잘사는 공생하는 삶을 도모하는 길은 생각보다 어렵다.

가장 가까운 가족을 위해 사는 것조차 때론 힘들다.

일이 힘에 부치기도 하고 건강도 많이 잃었다.

나 아닌 타인에 대한 사랑이란 이유로 내가 누려야 할 것을 포기하기엔 60 후반인 나에게 시간이 많이 남지 않았다. 나 자신을 발전시키는 독서와 글쓰기 등, 깨우치고 창의적인 행위에 기쁨을 느끼고 있는데 남편의 세 끼 식사와 잡다한 집안일, 노쇠한 어머니 돌보기 등을 하다 보면 독서도 계속된 행위가 아니라 겉돌고 글 쓰는데 생각도 정돈되지 않는다. 근래에는 어머니가 곡기를 끊어 감히 나를 위한 시간을 낼 수 없었다. 나에게 가장 많이 준 사람은 어머니이고 내가 가장 많이 줘야 할 사람은 아들이기에 탯줄로 연결된 천륜에 동동거리며 내 발이 묶여 있었다.

하물며 가족이 아닌 타인을 위하여 시간과 노동을 내어주긴 어려운 일이다.

가진 것은 아주 작은 재물 뿐이다. 나 자신을 위해서도 잘 못쓰고 살았지만 그래도 조금씩 후원은 하고 있다 노력해도 어려운 노인들, 어린이, 동물 등에게 지금보다 조금 더 많이 후원해야겠다.

어디로 가는지 누구나 다 사라지지만 지금 이곳에선 모두가 다 잘 살다 가야 하지 않겠는가?

5장

4시 44분

오늘도 차를 타고 가다 차 속의 시간을 보니
4시 44분에 멈춰져 있다. 며칠 전 내 휴대폰에
찍힌 시간도 4시 44분이었다. 왠지 오늘은
좋은 일이 있을 것 같은 예감이 든다.

한국 사람들은 숫자에 민감하여 사(四)를 죽을 사(死)처럼 불길한 숫자로 보고 있다. 나 또한 숫자에 민감하여 목욕탕 옷장 번호 같은 하찮은 것도 가급적 7자로 끝나는 것을 고른다. 그러나 죽을 고비도 3번을 넘기면 불로장생 할 수 있을 것 같은 기묘한 느낌이 들어 4시 44분의 시간은 행운의 숫자로 느껴진다. 죽음 같은 침체의 시간 속에서 나 자신을 끌어올릴 수 있는 그런 숫자 말이다. 3년 고개에서 구른 노인이 3년 시한부 삶의 시름을 딛고 역으로 여러 번 굴러 수명을 몇십 년 연장한 원리와 같다고나 할까?

동양에서는 홀수를 양의 숫자이며, 길한 숫자로 보아 제사상 음식의 숫자나 결혼식 예물에도 금 1돈, 3돈 이런 식으로 홀수만을 쓰고 있다.

모든 만물에는 기가 서려 있고, 기에는 현상이 따르고, 현상은 수로 표현할 수 있다고 한다. 7은 성장의 기운이 가장 큰 수로 여름을 나타내고, 숫자 9는 성장의 마지막 단계이며, 성장의 끝에는 반드시 반대되는 기운이 올 차례이고, 이 과정에서 충격이 생겨 변국이 닥친다고 한다. 예로부터 아홉수를 잘 넘기라는 뜻이 여기에 있는 것이다. 특히 49세는 불교의 윤회론과 겹쳐 가장 넘기기 힘든 나이로 예전부터 말하여지고 있다. 망자가 죽은 지 49일 동안은 이승도 저승도 아닌 중음의 세계에 머물다가 49일 만에 인과응보의 과업에 따라 출생의 조건을 얻어 다음 생의 삶의 형태가 결정지어진다고 한다. 아홉수 중에서도 49수는 가장 큰 변화의 시기라 그때 갑자기 큰 변고를 당하는 사람이 많은 것 같다. 그 외에도 생활 속에서 숫자가 예견하는 길흉의 범위는 무궁무진하다. 대학 입학 수험번호도 숫자이며 로또를 맞는 것도 숫자요, 병실 번호도 숫자이다.

장대한 인간의 역사를 표현하기에 숫자만큼 명료한 것도 없다. 기원전 몇 세기부터 현재에 이르기까지 많은 역사적 사실이 몇 년, 몇 월, 며칠 정확히 표기된 채로 차곡차곡 줄을 지어 지나온 자취를 말해주고 있다.

숫자가 우주 만물의 이치와 기를 나타내는 가장 대표적인 예가 점성술이다. '어느 해, 어느 날 태어난 아이는 태양의 기를 받아 행복하고, 어느 날 태어난 아이는 어떤 별의 기운을 받아 운명의 가혹함에 아픔을 겪는다.'라는 식의 예언들 말이다. 닭띠인 나는 추석 전날 태어나 식복은 있으나 부지런히 움직여야 먹고 사는 팔자라고 점쟁이들이 말하곤 한다. 그때 어느 하늘의 기운을 받아 태어난지는 모르나, 나 자신을 대한민국의 한 일원으로서 인정해준 것도 숫자로 표기된 주민등록번호이다. 570814-○○○○○○ 20년 10개월이 많은 세월은 아니나 공무원으로 봉직한바, 쥐꼬리만 한 연금은 받고 있으니 점쟁이 말처럼 남편이 벌어다 준 돈으로 내 생활을 한 적은 없다고 봐야 할 것 같다.

삼라만상의 소멸과 생성, 그리고 음양오행을 나타내는 숫자, 그리고 숫자와 그 숫자의 원리를 나타낸 수학, 수학만큼 정확하고 명료한 학문은 없어 때때로 머리가 복잡할 땐 학창 시절 잘하지 못했던 수학 공부로 내 머리를 정리하고 싶은 욕구를 느낀다. 인생도 수학처럼 하늘이 내려준 어떤 법칙이 있을 것이나, 하늘이 보기엔 간단한 법칙이 작은 미물이 느끼기엔 미묘하고 복잡다단하여 갈 길을 찾지 못하고

방황하게 된다.
나도 큰 흐름을 모르고 작은 것에 집착하여
하루를 집착과 번뇌로 보내는 날이 많다.

　요새는 세상이 온통 꽃동산이다. 여기저기 꽃들이 생명의 기쁨을 터뜨리고, 새들은 조그맣고 귀여운 입술로 울어대고, 숲속의 개울물은 오묘한 신비를 노래하고 있다. 부드러운 햇빛과 산들바람, 그리고 사랑하는 이들이 나를 감싸는 아름다운 이 세상에서 하늘이 축복하는 좋은 기를 받아 삼천갑자 동방삭이처럼 내 손주가 손주를 보는 날까지 77하고 88하게 살고 싶다.

술에 빠진 파리

운정 신도시는 아직 개발이 안 되어
기름기 없는 고아원 아이의 얼굴처럼 건조하다.
거리는 상가 하나 없이 어둠만 가득하다.
이따금 보이는 교회의 십자가만
한적한 거리를 밝힐 뿐이다.

아파트는 외지고 방 4개 중 3개가 비어있다. 퇴직 후 소일거리로
일하는 남편은 이틀에 한 번씩 바깥 잠을 자서 애증의 갈등이 없는
담담하고 편안한 외로움이 이 집을 감싼다. 맨 꼭대기 층인지라 소리
란 놈은 다 실종되어 아무런 기척도 없다.

그런데 근래 아주 조그만 것이 나와 같이 거주하고 있다.

어느 날 도마질을 하는 내 머리 위로 회색빛 물체가 날아가는 것을 보았다.

이 황당한 무법자는 무엇인가?

나는 이 침입자를 허락한 적도 없으며 집세를 받은 적도 없다.

특별히 살아있는 너를 미워하지 않으나 질병의 전파자라는 생각에 이 침입자를 시시때때로 도살하기로 마음먹는다.

예전 변소에는 오물이 똥차가 쳐 갈 때까지 한 달이고 두 달이고 썩은 채로 있었다. 인분을 먹은 파리들은 똥파리라 하였다. 초록빛과 금빛이 섞인, 비 맞은 여름의 초목 같기도 한 짙은 빛이었다. 마치 수박 같기도, 잘 익은 옥수수 같기도 한 그런 빛깔들. 어여쁜 팜므파탈인가? 그런 파리들이야말로 진정한 질병의 전파자들이다. 이젠 그런 파리를 볼 수 없다.

조그만 파리에게도 마음이 있는지는 모르겠으나 생존을 하기 위한 눈치코치가 100단이라 내가 잡으려고 손을 내밀면 언제나 잽싸게 날아간다. 내 손에 잡히면 죽는다는 사실을 알고 있다. fly, fly, fly! 날아라, 날아라!

파리가 침입한 지 보름 정도 지났다.

모든 음식물은 냉장고에 있거나 뚜껑이 덮여 있다. 침입자를 피하여.

내 집에 들어와 곡기를 끊었으니 이제 그 존재의 막을 내려야 할 때인지 비틀거리며 힘없이 내 손에 잡힌다. 휴지에 집어 변기에 넣고 변기 물을 내린다.

내 외로움을 덜어 주되 넌 내 친구가 아니라 훼방꾼이었다.

이제 움직이는 것은 이 공간에 나뿐이다.

그래, 외롭지 않다. 난 혼자서도 잘 있어. 훼방꾼과 동거를 하느니 영원히 혼자여도 괜찮아. 친구들도 마찬가지야. 난 누가 나에게 면도칼을 댈 때면 언제든지 달팽이처럼 딱딱한 갑옷 속으로 숨어 나오지 않지. 수다쟁이면서도 은둔자이지. 평화주의자이면서 언어의 파괴자이기도 해. 밤에 휘황찬란하게 빛나는 크리스마스트리는 낮에 푸른 나무에 있는 하얀 전선이다. 난 반짝이는 금빛, 은빛, 초록빛의 찬란한 불빛이며, 때로 초록빛 나무에 엉기성기 비듬처럼 하얗게 둘러싸인 초라한 전선이기도 하다.

대학 때 동아리 활동을 하던 남학생들은 가끔씩 술집에서 이런 노래를 부르곤 했다.

술에 빠진 파리
왕십리 똥파리
파리도 취하면 기분 좋아
왕십리 똥파리.

"파리도 취하면 기분 좋다는데 못 마시는 술이라도 마시면서 취해 볼까?"

정현종 시인은 "취해야 흘러가는 세월이여!"라고 썼다.

책을 보다, 연속극을 보다, 마트에 갔다, 빨래했다, 청소했다 갖은 궁리 끝에 가진 생각을 파리조차 없는 거실에서 연속극을 보며 중얼거린다.

속초! 그 그리움

<u>언제나 한계령을 넘어가는 길은 인간의</u>
<u>언어로서는 표현할 수 없는</u>
<u>성스러움을 가지고 있다.</u>

인간의 손이 별로 닿지 않는 신묘한 나무들과 이름 모를 풀꽃들, 나무와 동무 되어 흐르는 계곡, 그리고 고개를 넘으면 끝없이 펼쳐진 터질 것 같은 바다, 모래의 추억, 수평선 너머의 타오르는 태양.

대학 1학년 때부터 3년 전까지 나는 거의 해를 거르지 않고 속초를 찾았던 것 같다. 모든 여행지는 한번 가면 다시 가고 싶지 않다. 심지어 만인이 칭송하는 로마까지도. 그 웅장함에만 놀라는, 똑같은 건축

양식과 그림들로 피곤함까지 겹쳐 비록 트레비 분수에 동전을 던졌지만(트레비 분수에 동전을 던지면 로마에 다시 온다는 전설이 있음), 다시 가고 싶은 욕구가 없어졌다. 그러나 설악과 동해는 가도 가도 그립다.

인간의 혼이 위대한 예술작품을 만들었고, 고대 인간 역사의 수많은 이야기가 담겨있는 곳이지만, 신이 만드신 자연의 신비로움과 어찌 비할 수 있으랴.

가는 경로는 여러 가지였다. 대학 MT, 교총에서 교사들 위로여행, 학교 선생님들과의 수련회, 일반 여행사를 통해, 녹용과 인삼을 팔기 위한 미끼 여행에 끼어서, 나 홀로. 나는 이 모든 기회를 놓치지 않고 속초를 향해 떠났다.

대학 때는 내설악을 등반하곤 하였으나 근래에는 등반이 힘들어 외설악만 구경하는 편이다. 가장 즐기는 것은 차창 너머로 굽고 굽은 한계령을 느끼는 것이고, 차에서 내려서는 신흥사와 권금성 케이블카로 설악의 준 정상에 올라 구름에 잠겨 있는 설악을 내려다보는 것이다. 이후 대포항에서 동해의 푸르름을 내 입에 조금이나마 드리우고 낙산사에 올라 석조 관세음보살님에게 3배를 드리고 의상대에서 내가 이 세상에서 가장 아름답다고 느끼는 절경에 취하고 홍련암 관세음보살님께 108배를 드린다. 홍련암은 한국의 3대 관음 기도처 중의 하나이다.

강화 보문사, 홍련암 그리고 남해 보리암은 관세음보살님이 실제 살아계신다는 곳이다. 나도 한때 강화 보문사를 초하루마다 다녔고 도선사에서 삼천 배를 하면 소원이 이루어진다 하여 삼천 배를 하고 걷지 못할 지경으로 나온 적도 있다. 마지막으로 대학 시절 그리 가고 싶었으나 돈이 없어 못 간 낙산 비치 호텔에서 커피를 마시고 바다가 보이는 숙소에 머물면 설악의 아름다움은 얼추 내 가슴에 품어져 있고, 나는 모든 복잡한 삶의 고리에서 벗어나 나 자신으로, 설악의 신선으로 돌아앉는 것이었다.

나는 절과 불교의 교리를 좋아한다. 그러나 내 기도가 사악한 인간의 욕심으로 가득 찼는지 기도는 공중으로 분해되고 기복신앙에 머물던 나는 불교를 접었다. 그리고 낙산사는 불에 타고 나는 한동안 속초를 가지 않게 되었다.

나의 설악과 동해는 어머니 자궁 같은 생명의 근원 바다, 이성인 나무, 감성의 들꽃, 과거 생으로부터 이어진 한없는 인연의 계곡을 나에게 보여주었다.

삶이 나로부터 유리되어 내 가슴에 죽음 같은 절망이 음습할 때 나는 홀로 여행을 떠난다.

사람과 섞여 있을 때 내 목소리는 작았고 나는 자유롭지 못했다. 그러나 외적인 모든 것을 버려 부모도 자식도 아내도 친구도 아닌 나를 만날 때 나는 나의 사유 속에서 즐거웠고, 자연과 더불어 참 자유를 얻었다.

보라! 내가 돌아갈 때 나의 흙과 나의 바다만이
내 곁에 있을 것이다.
모든 관계가 떠날 때 나는 나의 들꽃과 하나가
되고 내가 본 바다는 내가 되었다.

버림의 미학

세월이 가면 모두가 떠난다.
나와 탯줄로 연결되어 내가 태어나기 전부터
나와 생을 같이하였던 부모님부터, 내 문자와
전화를 번번이 씹어, 자의든 타의든 내 휴대폰
에서 전화번호를 삭제해버린 친구까지.

　40여 년간 숟가락 숫자까지 공유하던 친구를 마음으로 떠나보냈
다. 조그만 서운함이든, 다시 못 올 길을 간 생을 달리한 사람이건,
칼로 누군가의 인연을 베어버리는 행위는 비장해 보이나 한없이 외
롭다. 누군가에게 버려진 느낌. 더 이상 그 사람의 가슴 속에 내가

없는 허함. 끝없는 벌판에 혼자 있는 느낌. 사람뿐만 아니라 집을 팔고 이사 갈 때도 방마다 속속들이 서려 있는 지나간 시절의 애환이 마치 집이 또 다른 젊은 시절의 나 인양 가슴이 에인다. 사람들은 오래되어 거울이 덜그럭거리는 앉은뱅이 화장대를 안 버린다고 나에게 이야기하지만, 난 나와 오랜 시절 친구가 되어 말없이 나의 슬픔과 기쁨을 지켜본 그 친구를 버릴 수 없다.

사물과 동물들은 내가 그들을 배신하기 전까지 나를 배신하지 않는다. 그러나 사람들은 때때로 많이 주어도 돌아오지 않고 오히려 이용하는 경우도 있다. 물건을 살 때 만 원을 지불하였는데, 천 원짜리 물건을 받는 것은 억울하다. 그러나 사랑이 삭감되어 돌아올 때는 시베리아에서 불어오는 바람이 내 오장육부를 훑고 지나감이다. 마음의 계산기를 돌리지 말아야 하는데 깊은 마음속 계산기는 무의식으로 축적되어 의식으로 발현된다.

주지 마라. 물질이건 사랑이건 노동이건 누군가에게 베풀지 마라. 베푼 넓이와 깊이만큼 상처는 커서 당신들 가슴을 도려낸다.

그러나 사랑이 내 마음대로 되는 것이랴. 물질도 또한 사랑이 있어 아깝지 않게 베푸는 것이니. 사랑이란 메마른 가지에 물을 주고 햇빛을 쐬워주는 일이다. 제아무리 많은 것을 가진 사람이라도 온기가 없으면 그 사람은 행복하지 못하다. 오늘도 사람들은 가족들을 위해 졸린 눈을 부비며 원치 않는 직장에 나가고, 맘이 맞는 친구들과 퇴근 후 소주잔을 기울인다.

사랑이 있어 기꺼이 자신을 희생하고, 퇴근 후에는 사람끼리 부비는 정이 그리워 피곤함을 잊고 친구들을 만난다. 그 사랑이, 그 정이 언젠가 그들을 깊숙이 벨지라도, 그들을 힘든 세상살이에서 꿈틀거리게 하는 가장 소중한 무엇이 되는 것이다. 모두를 마음속에 떠나보낼 날이 가까운데도 놓지 못하는 무지함이 그들을 버티게 하는 힘이 되는 것이다.

무엇을 먹을까

한없는 짙푸름, 포말을 일으키며 넘나드는
파도, 구멍이 송송 뚫려있는 바위틈으로
들어갔다 나왔다 하는 게들, 가끔 불어오는
거센 바람, 조약돌, 조개비, 때가 되면 시뻘건
태양이 넘어갈 듯 떠 있는 모습은 지구의
자연환경 중 내가 가장 설렘을 갖는 풍경이다.

바다에 가면 왠지 내가 태어나기 전의 세계에 머무르는 것 같은 느
낌을 갖는다. 아기가 태어나기 전 양수에 담겨있는데 양수도 바닷물
처럼 짭조름하다고 한다. 과학자들도 '생명의 탄생은 단세포 생물로

서 바다에서 처음 만들어졌다.'라고 하니 나의 느낌도 틀린 것은 아닌 듯싶다.

먹거리도 나는 바다에서 나오는 것을 가장 좋아한다. 물고기가 아닌 바다 것들. 멍게, 해삼, 소라, 꽃게, 조개, 새우 등을 좋아하고, 두 번째는 생선이다. 싱싱한 멍게나 소라 등을 먹는 즐거움은 내 혀를 싱싱하고 감미로운 맛의 세계로 몰고 가고, 내 마음도 바다로 끌고 간다.

산지에서 방금 잡은 국산 생선은 탱탱하고 쫄깃쫄깃하다. 그런데 건강을 위해 헬스를 하루 5시간씩하고 가방은 루이비통, 시계는 로렉스, 옷은 롯데백화점은 싸구려만 판다고 현대 백화점에서만 사는 내 친구가 싱싱한 국산 생선은 먹지 않고 냉동으로 들여오는 노르웨이산 고등어, 세네갈 갈치 등만 먹는다 한다. 그리고 명태나 대구는 아예 먹지 않는다고 한다.

후쿠시마 원전 사고로 후쿠시마 해안의 고등어가 알을 낳기 위해 제주도로 온다 하며 오징어도 후쿠시마 해안에서 동해안으로 온다 한다. 오호츠크해나 북서부 베링해도 많이 오염되어 러시아산 명태나 대구들의 오염도 심각하다 한다. 우라늄이 핵분열한 후 나오는 방사선 물질인 세슘의 검출이 이러한 생선 등에서 많이 검출되어 식품으로 섭취 시 암에 걸리기 쉽다. 비교적 싼 생선인 오징어나 고등어, 명태, 대구 등이 오염됨으로써 서민들이 가뜩이나 생선들을 접할 때 어려움을 겪고 있다.

나도 친구가 생각해 낸 길을 따라 가급적 생선은 잘 안 먹고 있다. 그뿐만 아니라 gmo(유전자 변형) 식품 또한 우리의 건강을 위협하고 있다.

gmo 식물은 식물 자체에 해충 저항성 물질, 제초제 저항성 물질을 갖고 있어서 인체에 알레르기를 일으킨다. 또한, 해충에 강한 성분 때문에 저항력 강한 새로운 해충의 발현이 보고되어 있고 당연히 생태계를 교란한다.

옥수수, 콩, 사탕무, 카놀라 등이 대표적인 유전자 변형 식품이다.

달걀도 항생제, 산란 촉진제 등을 먹여 키운 닭이 낳은 달걀은 항생제 내성 등을 일으키어 우리 몸에 나쁜 영향을 끼친다. 육류도 마찬가지다.

그러나 gmo 식품, 달걀 및 육류의 양산을 위한 항생제 투여 등은 한정된 식품 자원을 늘려서 인류의 기아에 어느 정도 기여하고 있는 셈이다. 인간은 배고픔에서 많이 벗어나고 있다.

무엇을 먹을 것인가? 내 장바구니에는 노르웨이산 고등어, 친환경 달걀, 국산 콩으로 만든 두부, 항생제로 키운 고기, 유전자변형 콩으로 짠 콩기름 등이 들어 있다.

암만 건강에 좋다 해도 가정의 경제를 생각하지 않을 수 없어 적당히 섞어서 먹고 있는 중이다.

식품이 오염되지 않았던 과거보다 지금 인간의 수명은 많이 길어졌다.

질 나쁜 식품이나마 양껏 먹는 것이 영양결핍으로 오는 질병보다 더 낫다는 것이 되기도 하고 의학이 발달된 결과일 수도 있다.

이제 인간은 얼마나 오래 살 것인가? 에서 오래 사는 것이 재앙이라는 생각까지 하게 되었다. 적당히 먹는 것도 즐기고, 적당히 너그럽고, 적당히 일하고, 적당히 잊어 버리고, 적당히 살다가 가는 것이 후손들 보기에도 좋고 본인들에게도 좋은 것 같다.

도시의 추억

초등학교 1학년으로 기억되는 시절,
국어책에서 '추석과 고향'이라는 글씨와 함께
떡방아를 찧는 농촌 아낙의 모습을 본 적이 있
다. 서울에서만 자란 나는 그 그림이 낯설었고,
'나는 고향이 없는 사람'이라고 믿었다. 당시
부모님은 신촌에서 장사를 하셨고, 나는 동네
아이들과 환한 불빛 아래서 통금시간 직전까지
꼼꼼이도 하고 새끄락지 놀이도 하면서
놀았다. 거의 스무 살이 되어서야
나의 고향은 별보다 더 현란한 빛을 뿜어내는
'도시'라는 것을 생각해냈다.

중학생이 되면서 나는 진짜 도시의 한복판에 놓이게 된다. 진명여중은 효자동에 있었는데, 집에서 광화문까지 버스를 타고 와서, 현 교보문고 앞에서 갈아타거나 걸어가거나 하였다. 그때는 거의 새벽에 일어나 학교에서 공부하는 것이 습관이 되어, 인적이 드문 사직동 길을 걷노라면 안개가 가끔 내렸다. 한창 사춘기 시절의 나는 아직 걸어가지 않은, 안갯속에 가려진 오묘한 나의 미래를 생각하며 벅차오르는 황홀감에 젖곤 하였다. 며칠 있으면 환갑이 되는 나이에도 그때 만났던 새벽안개의 경이로움을 잊을 수가 없다.

하굣길에는 공부를 못했던 내 키 작은 친구들에게 경복궁 잔디에서 이해하지도 못하는 헷세나 니체를 들먹거리며 잘난 체하기도 했다. 그때 내 친구들은 나에게 속아 나를 많이 우러러본 것 같다.

고등학교는 종로1가에 있는 학교를 다녔다. 이때 친구들과 가장 친하게 지낸다. 그들의 인생에 대한 깊이와 사물에 대한 통찰력은 다른 어떤 친구들과 비할 길 없다. 그러나 불행히도 이들은 아이들 학업 문제, 남편 퇴직문제 등으로 하나둘씩 이민을 가버리고, 지금은 한국에 한 친구만 남아 있다. 나는 왜 우리들이 운명을 따라 떠돌아야만 하는지, 그래서 서로 헤어져야 하는지 알 수 없다. 애초부터 신의 섭리 속에 인간의 자유 의지는 없었던 것이 아닐까? 올여름에는 토론토에서 교사생활을 하는 윤숙이가 찾아왔고, 가을에는 캘거리에 사는 영주가 우리 집에 오랫동안 머무르다 갔다. 우리들은 모처럼 덕수궁, 청계천, 종로 등지를 돌았다. 그 거리는 단발머리의 우리들을 기억해내고, 따뜻한 햇볕을 보내주었고, 우리는 학창시절 우리의 체취가 있는 그곳에서 순수했던 이성과 용광로처럼 뜨거웠던 피를 생각해냈다.

나는 촌락의 순수한 아름다움보다 냉철한 예지와 현대인의 고뇌가 녹아있는 빌딩 숲이 좋다. 그곳은 선인장처럼 질긴 우리 삶의 강인함이 있으며, 좌절과 꿈의 머나먼 거리에서 폭넓게 사유할 수 있는 존재의 자유로움이 있다. 달빛이 살림만 하고 산 고운 여인네라면, 도시의 네온사인은 온갖 절망 속에서 현실에 힘들게 비틀거리다 오롯이 서 있는 직장 여성 같다.

신촌에는 돌아가신 아버지와 철없던 4남매가 한 이불에 서로의 발을 부딪치며 어머니의 옛날 이야기를 듣던 모습이, 종로 거리에는 내 학창시절이, 나를 버리고 떠난 윤숙, 옥순, 영주 그리고 죽은 순자의 모습이 어려있다.

그렇게 나의 잔뼈는 도시 속에서 굵어갔다.
도시의 빛은 나를 키워주었고 나를 지켜봐
주었다. 골목길 하나하나까지 소상히 그 정체를
알고 있는 내 고향 신촌은 어린 날의 내가
어떻게 나의 꿈을 키워나갔으며, 나이 들어가는
내가 어떻게 나의 꿈을 소멸시켜 갔는가를 안
다. 그리고 그도 나처럼 소리 없이
눈물을 흘릴 것이다.

너와 나 사이

　20대에 같은 직장을 다니던 동료가 있다. 나이도 같았고, 성악을 전공한 친구와 노래를 좋아하는 나는 서로의 취미도 맞아떨어졌다. 우리는 퇴근 후 지하 음악실에서 피아노를 치고 노래를 부르며 동료의 뒷담화도 하면서 킥킥대며 우정을 쌓았다. 아직도 주거니 받거니 하면서 가끔 만나는 오래된 친구다. 그녀는 결혼하지 않아 혼자 살고 있고 1주일에 한 번씩 일하는 아줌마가 청소하러 오며, 집안일을 거의 하지 않는다. 훨씬 더 힘이 넘치던 나는 남편과 아들 그리고 치매 걸린 어머니 뒤치다꺼리로 몸이 약해진 탓인지 전화를 걸면 몇 시간이 흘러도 놓지 않는 그녀를 맞추려면 힘이 든다. 그러나 난 차마 내가 힘들다고 말할 수 없다. 그녀는 내가 자신을 귀찮아한다고 느낄지도 모르고, 그렇게 서서히 우리 사이는 멀어질 것이다. 그녀는 그녀의 몸 상태만을 기억하면서 내 몸의 상태를 읽어내지 못한다. 읽어내더라도 너는 너이고 나는 나이기 때문에 당연히 나의 아픔에는 나만큼 관심이 없을 것이다.

어머니는 51세에 손주를 보셨다. 그리고 "나는 이제 늙었다."라고 말씀하셨다. 그리고 치매 걸리시기 전에 난 거의 60세이었는데 '너는 젊으니' 이런 표현을 하셨다. 50세는 60세를 늙었다고 생각하며, 70세는 60세를 청춘이라고 표현한다. 너와 나 사이, 객관과 주관 사이의 간격은 침팬지와 인간의 사이만큼, 섞일 듯 안 섞이는 다른 종들만큼이나 멀다.

> *타인을 객관적으로 받아들이는 태도는*
> *각자의 유전자 속에 별로 없는 것 같다.*
> *인간은 대부분 주관적 사고만 한다.*

타인과의 거리를 좁히는 것은 타인의 아픔에 들어가는 공감능력일 것이다. 이런 공감능력은 상대를 사랑하는 것에 비례하는 것 같다.

신문에 보도된 수많은 사람의 죽음보다 관절염으로 잘 못 걷는 어머니의 아픔이 더 크게 느껴진다.

예전엔 좁은 방에서 많은 식구들이 기거하고 과학이 발달하지 않아 거의 자연에서 친구들과 놀고 지내 타인과의 거리가 좁았다.

요새 아이들은 거의 자기 방에서 컴퓨터나 휴대폰과 지낸다. 아무런 감정 없이 기계와 소통하면서 남의 의견을 듣지도, 남의 상처를 들여다보지도, 자연과 교류하지도 않는다. 타인과의 거리는 무한대로 넓어지고 있다.

더욱더 마음은 외로운 섬에 고립된 채로 지낸다.

서로를 모르고, 알아도 이해하고 공감하지 못하는 채로 살아가는 인생에서, 종족의 번식은 사랑이라는 이름으로, 가족이라는 이름으로 우리에게 주어진 유일하게 무조건적인 내 편 만들기의 한 방편일 것인지 모른다. 그러나 인간인 이상 가족이라도 타인의 아픔을 완벽하게 이해할 순 없다. 가족도 채워 주지 못하는 사랑의 틈을 메워주시는 무조건 내 편인 하나님을 외로운 존재들이 찾으리라. 신의 힘으로도 안 되는 정신의 갈증은 병원에서 처방해주는 세라토닌으로 화학적 치유를 하겠지.

내 편이 아닌 사람을 객관적으로 이해하는
길을 가고 싶은데, 나와 너의 경계는 우주만큼
멀다. 나는 영원히 네가 아니기에 그림자 같은
타인의 모습에 허망함을 느낀다.

냄새로 이어지는 마음의 조각들

오래된 한옥집 육중한 나무문에 달린 쇠고리
를 잡아당겨 들어오니 집안 맨 끝에 자리 잡은
부엌에서 엄마가 끓인 꽃게찌개 냄새가 나를
종종걸음으로 걷게 한다. 석유풍로에 찌개를
데워 부뚜막에서 톡톡 터지는 알을
누군가에게 뺏길까 성급히 먹는다.

라디오에서 노랫소리가 들린다.

"라일락꽃 지면 싫어요. 우린 잊을 수가 없어요. 향기로운 그대 입
술은 아직 내 마음에 남았네." (나는 항상 "라일락꽃 향은 싫어요." 라

고 바꿔 부른다. 고혹적인 향의 라일락 나무 밑에서의 사랑이 달콤한 만큼 사랑이 사라진 후의 라일락 향은 그만큼의 애절함이기에)라일락 향에는 감미로운 연인의 키스 같은 것이 느껴진다. 예전에 잘 팔리던 껌 중 하나가 라일락 껌이다. 가수 윤형주가 부른 CM송은 '라일락! 첫사랑 맺어준 못 잊을 향기 ××라일락 껌'이었다. 냄새가 불러준 기억을 따라 추억을 모은다.

오월 말(May Day) 축제에 엄마를 졸라 맞춘 분홍색 땡땡이 쓰리피스를 축제복으로 준비했고 미국사는 고모가 가져다준 분홍색 립글로스를 발랐다. 립글로스는 딸기 향이 났다. 만개하는 봄은 꽃 속에 파묻혀 딸기처럼 새콤달콤한 환상의 순간을 선물하였다.

퇴근 후, 깨끗이 씻고 새 옷을 입고 내 자취 집에 놀러온 김 선생님 입에서는 맑은 소주 냄새가 났다. 술을 잘 못 먹고 소주 냄새를 싫어하지만 치약 냄새와 합해져 살짝 풍기는 술 냄새는 이상하게도 그의 남성성을 생각하게 했다.

옆에 있는 수도를 틀어 씻어 내리는, 콘크리트로 변기를 만든 세미 수세식 화장실에선 석유 냄새 같기도 한 하수도 냄새가 났다. 난 모기처럼 그 냄새에 취해 화장실에 가길 즐겼다. 전생에 난 모기였는지도 모른다. 초등학교 때의 일이다.

빗물이 산발적으로 흩어졌다. 주말농장에 가는 길 수목들이 빗속에서 짙은 잎 냄새를 풍겼다.

보슬비에 취했는지 젖은 이파리 냄새에 취했는지 우산 속 길목에 선 잔잔한 슬픔이 흘렀다.

각기 다른 순간들, 다른 기억들이 점을
형성하고 그 점을 연결하니 하나의 도형이
만들어졌다. 그 도형은 원도 육각형도
마름모꼴도 아니고 삐뚤빼뚤 이상야릇하다.
그 속에선 웃음 조각들, 그리움 조각들,
슬픔 조각들, 형용할 수 없는
빛깔의 마음들이 별처럼 빛을 발한다.

푸르름에 잠겨 있던 순간들이 하나씩 별이 되어 내 가슴에 박힌다.
긴 세월 속에 아주 잠깐씩 스쳐 갔으나 분명 따뜻하였다.
내 안에 만들어진 별은 이 세상 다할 때 하늘로 올라가 이 세상 바라보며 웃음 지으리.

여름이의 여름

펴 낸 날 2023년 10월 13일

지 은 이 황경희
펴 낸 이 이기성
편집팀장 이윤숙
기획편집 윤가영, 이지희, 서해주
표지디자인 윤가영
책임마케팅 강보현 김성욱
펴 낸 곳 도서출판 생각나눔
출판등록 제 2018-000288호
주　　소 경기도 고양시 덕양구 청초로 66, 덕은리버워크 B동 1708, 1709호
전　　화 02-325-5100
팩　　스 02-325-5101
홈페이지 www.생각나눔.kr
이 메 일 bookmain@think-book.com

...is beauty   now   fallen
...give it a nostalg...
with

Don't for...   water
the

...urs truly, L.

...Sophie,
I'm not the best person...

correspondance ecrite

Best to
out forget

you deci...

frie...

I

of

th...

some

And...

Paris is beauty...

leaves give it a...

I with

Please...

flower...   Don't
                                      the

To

Yours truly, L.

...ring Sophie,
I'm not the best person

correspondan...

...best to
...out forget...